I0613577

SALOMON
GESSNER

MORT D'ABEL,

POËME

DE GESSNER,

TRADUIT PAR HUBERT.

ÉDITION ornée d'Estampes imprimées en couleur,
d'après les Dessins de M. MONSIAU, Peintre
de l'Académie.

A PARIS,

Chez DEFER DE MAISONNEUVE, rue du Foin S. Jacques.

1793.

P R É F A C E.

Risquer *un Poëme, après n'avoir donné que des Pasto-*
rales, c'est une entreprise bien hasardeuse. J'ai cru pourtant
que l'un n'excluoit pas nécessairement l'autre; et qu'après
avoir chanté sur un ton simple, il étoit au moins permis
d'essayer si l'on ne pourroit pas s'élever à un plus sublime.
Il me semble qu'un Auteur devroit toujours avoir cette
curiosité. On borne trop les talens. Parce qu'un jeune
Poëte en aura marqué dans un genre, on veut l'y concentrer,
comme si d'y avoir réussi faisoit preuve qu'il n'eût de verve
et d'aptitude que pour ce genre seul; tandis que souvent
c'est moins la trempe de son génie qui l'y a déterminé,
que des circonstances accidentelles, où le hasard a eu plus
de part que le choix. Je ne dis pas qu'on doive lui savoir
gré d'avoir pris un vol plus haut: mais j'assure qu'il est
payé comptant des peines de son entreprise, par le plaisir
d'avoir mis à fin un ouvrage de plus longue haleine. Pro-
mener sa pensée sur une grande variété de faits; remonter
jusqu'aux premiers principes des actions, pour en démêler
les motifs; soutenir les caractères de tous les personnages,
et par une suite d'événemens bien liés, les faire atteindre
à leur but, c'est une occupation dont rien ne peut égaler
les charmes. Le Poëte fouille dans la Nature entière, où
il trouve, soit parmi les êtres existans, soit parmi les

A 2

possibles , une multitude infinie d'images dont il orne artistement son objet chéri. Les mouvemens délicieux dont son ame est émue, en réveillent l'activité qui, sans ces puissans mobiles , seroit peut-être toujours restée dans l'inertie.

Quelques-uns diront peut-être: « N'aurons-nous donc » plus à la fin que des Poëmes ou des Tragédies? » Mais qu'ils se rassurent. J'ai observé que ce genre de travail flatoit beaucoup plus un Auteur, par la diversité, l'assemblage et la grandeur des matériaux qu'il employe, que ne feroit un ouvrage moins considérable : je pourrois même étendre le charme jusqu'au Lecteur, et supposer qu'il le partage avec le Poëte. Mais, quoi qu'il en soit, il ne se trouvera toujours qu'un petit nombre d'Ecrivains qui ayent assez de loisir et de courage pour embrasser et suivre constamment un plan étendu. La plûpart en seront détournés par des occupations d'une nature différente ; d'autres, faute de résolution, quitteront ces routes escarpées, pour se livrer aux douces inspirations d'une Muse plus accessible. Ainsi rien ne nous empêche d'espérer toujours des chef-d'œuvres dans tous les genres de Poésie : car je n'entends en dépriser aucun; et, lorsque je souhaite que nous ayons plusieurs Homère, je n'en suis pas moins, avec tout l'univers, l'admirateur d'Esope et d'Anacréon.

Quelques-uns s'étonnent, d'autres se scandalisent de ce que j'ai fait choix d'un événement tiré des Livres Saints.

A ceux-là je réponds que, fait pour fait, un événement tiré de la Bible en vaut bien un qu'auroit fourni la Mythologie; et qu'il a en outre l'avantage d'être plus intéressant pour des Chrétiens qui respectent les saintes Ecritures. Quant à ceux qui s'en scandalisent, ce sont sans doute des gens de l'autre siècle, qui, peu familiarisés avec la nouvelle Poésie Allemande, dont ils ne jugent que par les rapsodies informes de l'ancienne, croient que la dignité de la Religion est dégradée par les vers; ils seroient excusables de le croire, si les vers qu'on fait à présent étoient du ton de ceux qu'on faisoit au tems de nos Pères. Les Poëtes d'alors, si l'on en excepte un très-petit nombre, n'étoient que des plaisans à gages, fait pour amuser la noble Nation Allemande. Répondons à ces Censeurs prévenus; car pour ceux qui, après avoir lu ceux de nos Poëmes dont les sujets tirés de la Bible étoient traités avec la noblesse et la dignité qu'ils exigent, loin d'en sentir le mérite et la beauté, ont crié à la profanation; puisqu'ils portent le défaut de goût et de sentiment à un point si révoltant, ce seroit se compromettre que de leur répondre; ce seroit prétendre éclairer un aveugle avec un flambeau: répondons, dis-je, aux autres qui ne blâment cet alliage de la Poésie avec les faits consacrés par les livres Saints, qu'à cause du peu d'idée qu'ils ont de notre Poésie actuelle, qu'il n'est pas de la nature de la Poésie de deshonorer les sujets pieux dont elle s'empare; qu'elle n'est au-dessous de pareils sujets que quand on l'a laissée avilir; mais que, rappellée à sa dignité, elle est faite pour être, et a toujours été l'interprète de la Religion; qu'elle lui a rendu de grands services, et qu'il n'est pas de langage plus propre pour élever l'ame à des sentimens d'Honneur et de Piété. Son effet naturel est d'éclairer l'entendement, de corriger les affections vicieuses du cœur, de rendre les hommes ver-tueux et sensibles pour le beau. Loin de tourner l'esprit à la licence et à l'obscurité, elle annoblit jusqu'à ses plus frivoles badinages. Je méprise au moins toute Poésie qui n'auroit pas ces caractères.

Celle qui les a ne fait point tort à la Religion, en lui empruntant des faits pour les chanter. Elle les prend dans cette source sacrée, parce que cette origine les rend incon-testables pour quiconque a le bonheur d'être Chrétien; parce qu'étant regardés comme constans, ils en ont bien plus d'intérêt; parce qu'ils font voir clairement quelles influences la véritable Religion a sur l'Homme dans les diverses situations de sa vie. Elle présente l'Histoire Sainte par ses endroits les plus saillans, met à profit pour en augmenter la crédibilité, les circonstances les plus convain-cantes, et les réflexions les plus instructives. Il est bien vrai que les génies médiocres, qui entreprendroient de pareils ouvrages, pourroient plutôt nuire à la Religion, que la servir. Mais toute mauvaise interprétation des Livres Saints n'a-t-elle pas le même inconvénient? et faudra-t-il pour cela défendre de les interpréter?

En un mot, c'est une liberté que toutes les Nations se sont donnée : et dans les deux Communions, la Catholique et la Réformée, on a également permis les représentations des pièces dramatiques tirées de la Bible, plus excusables par la bonne intention des Auteurs, que par le mérite de leur Poésie.

Qu'on ne dise pas que, par cette licence, la Bible à la fin se trouvera convertie en fable. Je demande si jamais aucune Histoire a eu ce sort là. Homère et Virgile ont chanté des événemens de l'Histoire ancienne : y a-t-il eu pour cela des gens assez stupides pour aller chercher la vérité de cette Histoire, ou dans Homère, ou dans Virgile, et pour oublier la différence d'entre un Historien et un Poëte ?

Il y a aussi dans le Monde une classe d'hommes aimables et galans, à qui ne sauroient plaire des personnages qui parlent d'un ton grave et religieux, qui ne songent jamais à faire étalage d'esprit. Mieux ces personnages seront caractérisés suivant leurs usages, leurs sentimens et leurs idées; moins ils auront d'attraits pour tout ce qu'on appelle Beau-monde. Quel langage ! quelles mœurs ! Aux yeux de pareils Juges ils doivent paroître aussi ridicules que les mœurs des Héros d'Homère le paroissent aux détracteurs des Anciens, précisément parce qu'elles sont anciennes. Par rapport à ces Hommes du siècle si galans et si polis, moi qui me pique aussi d'être poli et galant, pour avoir leur suffrage qui m'importe fort, et mériter leurs bonnes graces, j'ai résolu de traiter le même sujet d'une manière qui leur convienne mieux. J'aurai soin d'y amener une intrigue amoureuse, (car qu'est-ce qu'un Poëme épique sans ce piquant épisode?) Abel sera un jeune Seigneur, bien maniéré, bien doucereux. Caïn sera un Capitaine Cosaque ou Hongrois, à leur choix; et Adam ne dira rien que ne puisse dire en bonne compagnie un François d'un âge fait, qui connoît le Monde.

MORT

MORT D'ABEL,

POËME.

CHANT PREMIER.

Je voudrois chanter en vers sublimes les aventures de nos premiers parens, après leur triste chûte, et célébrer celui qui le premier rendit sa poussière à la terre, immolé par la fureur de son frère. Repose-toi désormais, doux chalumeau avec lequel je chantois autrefois l'agréable simplicité et les mœurs de l'homme champêtre. Viens à mon secours, noble enthousiasme, qui remplis l'ame du Poëte rêvant seul dans une paisible retraite, ou dans l'obscurité des bois, ou près d'une fontaine bordée d'arbrisseaux, tandis que, durant le silence de la nuit, la lune éclaire le monde de son pâle flambeau. Dès que le saint transport s'empare de lui, son imagination prend un essor vigoureux; et, traversant d'un vol hardi la région des substances créées, elle pénètre jusque dans l'empire éloigné du possible; elle découvre par-tout le merveilleux qui saisit, et le beau qui enchante. Chargée de riches trésors, elle revient construire et arranger ses divers matériaux, pendant que la Raison économe, combinant tout, en regle l'usage. C'est celle-ci qui choisit et rejette, n'admettant que ce qui forme des rapports harmoniques. Tandis que cette noble ardeur trompe

B

les veilles du Poëte, les heures, les précieuses heures lui échappent rapidement. O digne occupation des grandes ames: constance louable, que de veiller au chant nocturne de la cigale, jusqu'au lever de l'étoile du matin, pour s'acquérir l'estime et l'amour de ceux dont le goût épuré sait priser chaque beauté, et pour exciter des sentimens de vertu dans les cœurs sensibles. Il est bien juste que la Postérité honore et couronne l'urne d'un Poëte qui a consacré ses talens aux Mœurs et à l'Innocence. Son nom ne périra point; sa réputation est toujours florissante, pendant que les trophées d'un Conquérant pourrissent dans la poussière, et que le Mausolée superbe d'un Prince sans mérite, vieillit ignoré au milieu d'un désert, parmi les buissons d'épines, couvert d'une mousse grisâtre, sur laquelle le voyageur égaré ne se repose que rarement. Il est vrai que peu de ceux qui ont entrepris de chanter ces dignes objets, ont obtenu de la nature le don de les bien chanter. Mais c'est déjà un effort louable, de l'avoir tenté. J'y consacre mes promenades solitaires, et tous mes instans de loisir.

Les heures paisibles ramenoient l'Aurore au teint de rose,
et rabattoient les vapeurs de la nuit sur la terre ombragée;
le Soleil, dardant ses premiers rayons de derrière les noirs
cèdres de la montagne, teignoit d'un pourpre étincellant
les nuées qui nageoient dans le vague des airs encore
foiblement éclairés; lorsqu'Abel et sa bien-aimée Thirza
sortirent de leur cabane pour se rendre sous le prochain
berceau, tissu de jasmin et de roses entrelacés. L'amour le
plus tendre et la vertu la plus pure répandoient un doux sourire dans les yeux bleus de Thirza, et des graces attrayantes
sur l'incarnat de ses joues; pendant que les ondes de sa
blonde chevelure descendoient sur son cou d'albâtre, ou,
se jouant sur ses épaules, ornoient sa taille fine et déliée;
c'est ainsi qu'elle marchoit à côté d'Abel. Le front élevé
du jeune-homme étoit ombragé par les boucles de ses
cheveux bruns, qui ne passoient pas ses épaules. Un air
de réflexion et de pensée se mêloit agréablement à la
sérénité de ses regards; il marchoit avec cette grace aisée
qu'a un Ange, lorsqu'il s'enveloppe dans un corps opaque
pour se rendre visible aux Mortels, et que chargé d'un
bon message de la part du Seigneur, il doit apparoître à
quelqu'homme pieux qui implore le ciel dans la solitude.
Il est, à la vérité, voilé d'un corps de forme humaine:
mais le voile est d'une beauté si ravissante, qu'on voit à
travers briller l'Ange. Thirza le regarda avec un tendre
sourire, en lui disant: « O mon bien-aimé, maintenant
que les oiseaux se réveillent pour le chant du matin, chante-

B 2

moi, je te prie, le nouveau Cantique que tu fis hier aux pâturages. Qu'y a t-il de plus gracieux que de louer le Seigneur par des chants? Oh! quand tu chantes, mon cœur, plein d'un saint transport, en palpite. Rien ne me charme comme de t'entendre exprimer en termes propres, des sentimens que j'éprouvois, mais que je ne pouvois pas rendre ». Abel lui répondit, en l'embrassant: « O ma Thirza, ce que ta belle bouche demande va t'être accordé. Dès que je lis ton desir dans tes yeux, je m'empresse de le remplir. Asseyons-nous sur cette tendre mousse, et je chanterai le Cantique ». Ils s'assirent l'un à côté de l'autre dans le berceau aromatique, dont le soleil du matin doroit l'entrée, et Abel commença ainsi son cantique:

« Retire-toi, ô Sommeil, des yeux de tous les êtres; fuyez, songes volages. La Raison commence à reparoître, et rend la clarté à l'ame, ainsi que le Soleil du matin rend la lumière aux campagnes. Nous te saluons, aimable Soleil, toi qui parois derrière les cèdres; tu répands les couleurs et les charmes sur toute la Nature, et chaque beauté vient nous sourire avec des graces rajeunies. Retire-toi, ô Sommeil, des yeux de tous les êtres; fuyez, songes volages, vers les ombres de la nuit? où sont-elles les ombres de la nuit? Elles se sont retirées dans le fond des forêts et dans les antres des rochers pour nous y attendre; nous les y trouverons dans d'épais berceaux avec une fraîcheur récréative pendant l'ardeur du midi. Là bas où le matin a réveillé

l'aigle le premier, là bas sur les sommets éclatans des
rochers et sur le front brillant des montagnes, quelles exhalaisons se mêlent à l'air serein du matin, ainsi que la fumée
des holocaustes s'élève de dessus l'Autel! C'est la Nature
qui célèbre l'ouverture du jour, et qui fait au Dieu Créateur des sacrifices d'actions de graces. Chaque créature doit
le louer, lui qui produit et qui conserve tout; c'est pour
le louer que les fleurs naissantes exhalent dès le point du
jour leurs parfums odorans; c'est pour lui que les chœurs
divers des oiseaux chantent du haut des airs, ou du sommet
des arbres, à la vue du Soleil levant; c'est pour l'honorer
que le lion sort de sa caverne; et fait retentir les déserts
de ses terribles rugissemens. Loue, ô mon ame, le Dieu
Créateur et Conservateur! Que le Cantique des hommes
s'élève vers toi, Seigneur, avant ceux des autres créatures;
que l'homme te loue, pendant que les oiseaux sommeillent
encore sur les sommets et dans les bocages. Que mes chants
solitaires les préviennent dès la naissance du crépuscule, et
invite tout ce qui existe à louer le Créateur! O que ta
création est magnifique! tu nous y développes gracieusement
les vues de ta sagesse et de ta bonté. Chacun de mes sens
puise des transports dans cette mer infinie de beautés, et
les fait couler à mon ame ravie. Comment pourra-t-elle te
balbutier ses louanges? Qu'est-ce qui t'a obligé, ô Tout-
puissant, de sortir du silence sacré qui environnoit ton trône,
d'appeller des êtres du néant, et de tirer de la nuit cet
Univers immense? Ce fut ta bonté infinie; tu voulois faire

naître et rendre heureux des êtres hors de toi. O toi, matin,
quand le Soleil, dégagé des vapeurs de l'horison, chasse la
nuit devant ses pas, quand ensuite la Nature brille d'une
beauté rajeunie, et que toutes les Créatures, qui étoient
livrées au sommeil, se réveillent pour tes louanges ; alors
tu es pour moi une vive image de la création. Tu me peins
ce premier matin où le Créateur étoit porté au-dessus de
la terre naissante. Un vaste silence régnoit sur la surface
inhabitée de notre globe ; lorsque le Créateur fit entendre
sa voix : aussi-tôt une armée infiniment variée en beautés,
s'élance dans les airs, portée sur des ailes bigarrées, ou
cherche les ombres des forêts : son chant perçant retentit à
travers les bois étonnés, et l'air bruyant répète les louanges
du Créateur. Même prodige lorsqu'il fut porté de nouveau
au-dessus de la terre, et qu'il y appella les animaux. Il fit
entendre sa voix ; aussi-tôt les mottes, se développant,
formèrent des figures innombrables ; la terre animée se mit
à sauter sur la verte prairie, sous la forme d'un cheval vif
qui secoue sa crinière en hennissant ; moitié terre encore,
et moitié animal, le fort lion, impatient de se dégager,
essaya ses premiers rugissemens ; plus loin s'agitoit une
colline, et la voilà qui s'avance d'elle-même devenue Elé-
phant ; ainsi des voix innombrables s'élevèrent tout-à-coup
vers le Créateur. C'est de cette manière, grand Dieu, que
tu tires chaque matin tes créatures de leur sommeil, image
du néant ; elles se réveillent, et, se voyant environnées des
trésors de ta bonté, elles chantent unanimement ta gloire.

Un jour viendra (car l'avenir se découvre à mes yeux) où, l'espèce humaine étant répandue par toute la terre, tu auras des Autels sur chaque colline; et, quand le Soleil du matin réveillera les Nations, les Hymnes et les Cantiques retentiront dans tous les coins du monde, depuis l'Orient jusqu'à l'Occident ».

Ainsi chanta Abel assis à côté de sa bien-aimée qui, ravie par un transport religieux, sembloit encore écouter lorsqu'il eut fini. Alors, lui ayant passé ses bras de lis autour des reins, elle le regarda tendrement, en lui disant: « O mon bien-aimé, comme tes chants élèvent mon ame vers Dieu! O mon bien-aimé, non-seulement tes tendres soins protégent mon corps plus foible que le tien; mais mon ame même prend l'essor sous ta direction. Quand elle s'égare de son sentier, quand elle ne voit plus que de l'obscurité autour d'elle, et qu'elle tombe dans un saint étonnement; alors tu la soutiens, tu écartes les nuages, et tu convertis sa surprise en admiration et en enthousiasme. Hélas combien de fois n'ai-je pas rendu graces à la bonté éternelle!... A chaque heure je la remercie avec des larmes de joie de ce qu'elle t'a créé pour moi, et moi pour toi: d'accord en tout ce que l'ame peut penser et ce que le cœur peut desirer, nous sommes faits l'un pour l'autre ».

Tandis qu'elle parloit, le tendre Amour versoit des graces inexprimables sur chaque parole et sur chaque geste. Abel ne lui répondit point : mais les larmes de joie qui coulèrent sur ses joues, tandis qu'il la regardoit tendrement, et qu'il la serroit contre son sein, exprimoient mieux ses sentimens que n'eussent pû faire des paroles.

Hélas ! telle étoit la félicité de l'Homme, lorsqu'encore content du nécessaire, il ne demandoit à la terre que les fruits qu'elle lui accordoit libéralement, lorsqu'il n'imploroit le ciel que pour la vertu et la santé. Son mécontentement n'avoit pas encore multiplié ces vœux insatiables, qui inventèrent des besoins sans nombre, et qui ensevelirent son bonheur sous des maux éclatans. Que leur falloit-il alors pour être unis par les plus heureux liens, que de l'amour, de la vertu et des charmes? Au lieu qu'à présent, malheur hélas trop fréquent ! des amans vertueux que le ciel avoit formés l'un pour l'autre, se consument en regrets, sans espérances de pouvoir jamais s'unir ensemble: ou parce que l'indigence menace leurs jours de disette et de misère, ou parce que l'orgueil et la fausse ambition des parens traversent tyranniquement leur amour.

Les deux époux étoient encore assis, lorsqu'Adam et Eve entrèrent. Ils avoient écouté devant le berceau le Cantique d'Abel et les discours amoureux de Thirza. Ils embrassèrent tendrement leurs enfans; leur bonheur et leur vertu répandirent sur leurs joues les symboles de la plus vive joie que l'amour paternel puisse faire goûter à des parens satisfaits.

Méhala,

Méhala, l'épouse de Caïn, avoit suivi jusqu'au berceau les traces de sa mère; le chagrin que lui causoit l'humeur altière et emportée de son époux, avoit imprimé à son front un air sérieux. Une douce langueur étoit peinte dans ses yeux noirs, et la pâleur couvroit ses joues qu'accompagnoient des boucles rembrunies. Elle avoit pleuré à côté du feuillage, pendant le temps que Thirza embrassoit son époux, et lui exprimoit la joie qu'elle avoit d'être créée pour lui : mais, ayant essuyé les larmes de ses joues, elle entra avec un sourire gracieux sous le berceau, et salua avec une tendre affection son frère et sa sœur. A cette même heure Caïn passa devant le berceau; il avoit aussi entendu le chant d'Abel; il avoit vu avec quelle tendresse leur père commun l'avoit embrassé; il lança des regards furieux sur le berceau, et dit : « Comme ils sont transportés ! Comme ils l'embrassent, parce qu'il a chanté je ne sais quelle chanson! il fait bien de composer des chansons, et de les frédonner pour s'empêcher de dormir, quand il est sans rien faire, assis à l'ombre près de son troupeau. Pour moi, brûlé par l'ardeur du soleil, il ne me reste dans mes rudes travaux, ni tems, ni courage pour chanter. Quand j'ai supporté bien des fatigues pendant le jour, mes membres lassés demandent le repos, et dès le matin le travail m'attend dans les champs. Pour ce beau jeune-homme, délicat et oisif, qui mourroit s'il supportoit, un seul jour, mes travaux, il est sans cesse baigné de leurs larmes; ils passent leur vie à l'embrasser. Je hais ces tendresses efféminées, mais...

C

aussi n'en suis-je point incommodé, quoique je cultive la
terre ingrate pendant toute l'ardeur du jour... Comme
elles coulent, leurs larmes de joie! »

Ces mots dits, il continua de marcher vers ses champs.
On l'avoit entendu dans le berceau; Méhala, devenue encore
plus pâle, se laissa tomber à côté de Thirza en pleurant
amèrement, et Eve appuyée languissamment sur son époux,
pleura aussi de la dureté de son premier né. Cependant Abel
leur dit : « O mes chers parens, je vais aux champs trouver
mon frère, l'embrasser amicalement; je vais lui dire tout
ce que l'amour fraternel peut inspirer; je vais le tenir serré
dans mes bras, jusqu'à ce qu'il me promette d'abjurer toute
aigreur, jusqu'à ce qu'il me promette de m'aimer. Hélas!
j'ai sondé le fond de mon ame; je l'ai interrogée pour savoir
par quelle voie je pourrois gagner l'amour de mon frère,
et me frayer le chemin de son cœur. J'ai réussi quelquefois;
j'ai rallumé son amour éteint : mais hélas! le chagrin et le
mécontentement au front farouche, revenoient bientôt
éteindre ce feu naissant, et étouffer sa sainte flamme. »

Le père lui répondit consterné : « Je veux, mon cher fils,
je veux moi-même l'aller trouver aux champs. Hélas! je lui
dirai tout ce que mon amour paternel, tout ce que la raison
pourront me suggérer. Caïn! Caïn! ah que tu remplis mon
ame de soucis cuisans! Les passions peuvent-elles exciter
dans l'ame du Pécheur un tumulte si terrible, et en arracher

tout sentiment de bienfaisance et de vertu ? Ah malheureux que je suis ! quels sombres pressentimens accompagnent les regards que je hasarde dans l'avenir sur mes derniers neveux ; O Péché, Péché destructeur ! quelle funeste désolation tu répands dans l'ame des Mortels » ! Ainsi parla Adam ; et sortant du berceau, enseveli dans une profonde méditation, il alla aux champs trouver son premier né. Caïn le voyant venir à lui, interrompit son travail, et lui parla ainsi : « Quel air sérieux, mon père ! ce n'est pas avec ce front sévère que tu viens d'embrasser mon frère ; déjà je lis le reproche dans tes yeux. »

« Tu le lis (lui dit Adam, après lui avoir donné le salut paternel), tu le lis dans mes yeux ! tu sais donc que tu le mérites ? Oui, Caïn, tu mérites des reproches : c'est le chagrin, c'est la douleur amère dont tu abreuves l'ame de ton père, qui me conduisent auprès de toi. »

« Et non pas l'amour ; (interrompit Caïn) ce sentiment est réservé pour Abel. »

« C'est aussi l'amour, Caïn, lui répondit Adam ; le ciel m'en est témoin : ces larmes, ces chagrins, ces soucis inquiets qui m'agitent, et qui agitent aussi celle qui t'a enfanté avec douleur, sont les effets de l'amour le plus affectueux ; c'est ce même amour qui obscurcit nos jours par l'affliction, et nous fait passer les nuits à gémir sans relâche. O Caïn ! Caïn !

si tu nous aimois, ton soin le plus tendre seroit d'essuyer nos larmes et d'écarter l'horreur ténébreuse qui couvre nos jours. Ah ! si tu conserves encore dans ton cœur du respect pour le Tout-puissant qui voit dans l'intérieur, si la moindre étincelle d'amour filial brûle encore dans ton cœur, je t'en conjure par ce respect, par cet amour, rends-nous notre repos, rends-nous notre joie éteinte, ne nourris pas plus long-tems cette sombre humeur, et cette haine invétérée contre un frère qui t'aime, et qui fait tous ses efforts pour arracher de ton ame cette yvraie qui l'infecte. O Caïn ! ce qui te fâche, ce qui excite cette violente tempête dans ton ame, ce sont ces larmes de joie que nous fait verser sa piété pure, et ces doux transports que nous inspire sa vertu sans tache. Les Anges qui nous environnent applaudissent à chaque bonne action qu'ils contemplent, et le Tout-puissant les voit du haut des cieux avec une gracieuse complaisance. Voudrois-tu changer la nature invariable de ce qui est beau et bon ? Nous ne le pouvons pas ; et, quand nous le pourrions, Caïn, quelle triste faculté que de pouvoir résister à cette noble joie, à ces douces impressions qui entraînent notre ame dans le ravissement ! Un orage nocturne, un tonnerre furieux ne répandent point sur les joues un sourire gracieux ; l'agitation de l'ame, et le tumulte des passions ne font pas germer la joie dans le cœur. »

Caïn répondit : « Serai-je donc éternellement persécuté par ces fâcheux reproches ? Si l'agréable sourire n'est pas

toujours peint sur mes lévres, ou si des larmes de tendresse
ne coulent pas toujours sur mes joues, pourquoi donc im-
puter ma gravité mâle à des vices détestables ? Né d'un
caractère plus viril, j'ai toujours choisi les entreprises les
plus hardies, et les travaux les plus rudes, et je ne puis pas
commander au sérieux empreint sur mon front de se résoudre
en larmes de tendresse, ou de se changer en sourire. L'aigle
n'a pas coutume de gémir comme la tendre colombe. »

Adam lui répondit avec une majestueuse gravité : « Tu
te trompes toi-même : tu te caches soigneusement d'affreux
sentimens que tu ferois mieux d'étouffer. O Caïn ! ce n'est
pas une mâle gravité qui est empreinte sur ton front: c'est
le chagrin; c'est le mécontentement qui se découvre dans
toutes tes actions; ces passions ont répandu un nuage épais
sur tout ce qui t'environne. C'est là ce qui te fait murmurer
entre tes dents durant les travaux de la journée; c'est là
ce qui te donne contre nous cette humeur chagrine qui te
ronge. Que faut-il pour te satisfaire? parle: nous le ferons.
Ah, si nous pouvions rendre tes jours sereins comme une
belle matinée du printems, nos vœux les plus ardens seroient accomplis. Mais, Caïn, à quoi en veut ton inquiétude
violente? Toutes les sources du bonheur ne te sont-elles pas
ouvertes? La Nature entière ne t'offre-t-elle pas toutes ses
beautés? Tout ce qui est bon, utile, agréable, tout ce que
peuvent produire à notre avantage, la Nature, l'esprit et la
vertu, ne t'est-il pas offert comme à nous? Mais tu négliges

tous les biens sans en jouir ; et après cela tu te plains de la
misère? Est-ce que tu serois mécontent de la portion de bonheur que l'indulgence divine a bien voulu laisser à l'homme
déchu? Envierois-tu le sort des Anges? Saches que des
Anges ont pu être mécontens, ils voulurent être des Dieux,
et perdirent le ciel. Est-ce que tu murmurerois contre la
conduite du Créateur par rapport au pécheur? Quoi! tandis
que l'assemblage général des êtres créés loue son Créateur,
un Mortel tiré de la fange, un vermisseau oseroit lever la
tête de la poussière, et murmurer contre celui dont la sagesse infinie gouverne les cieux, aux yeux de qui tout le
labyrinthe de notre destin est ouvert; qui connoît ce qui est,
ce qui sera, et qui sait comment le mal distribué sagement
sur la terre, doit y faire fleurir le bien? O mon fils, de la
gaieté dans l'ame; mon cher fils, que le mécontentement
et le chagrin ne troublent plus tes pensées, n'obscurcissent
plus tes regards, et te laissent voir d'un œil serein tous les
plaisirs innocens que la Nature te prépare. »

« Qu'ai-je affaire de ces exhortations? (dit Caïn en détournant un front sourcilleux) Ne le sais-je pas bien que, si
je pouvois être gai, tout ce qui m'environne seroit riant
comme une belle aurore? Mais puis-je commander à l'orage
de n'être point furieux, et au torrent impétueux de rester
paisible? Je suis né de la femme, et dès mon origine condamné
au malheur; le Seigneur a versé sur moi sa plus grande
coupe de malédictions; les sources de plaisir et de bonheur
où vous puisez ne coulent pas pour moi. »

Cependant des pleurs innondoient le visage du père.
« Hélas! mon fils, oui sans doute il n'est que trop vrai, la
malédiction divine a frappé tous ceux qui sont nés de la
femme : mais, mon bien-aimé, le Seigneur auroit-il versé
plus de malédiction sur la naissance du premier né, qu'il
n'en a versé sur nous lorsque nous avons péché? Non, il
ne l'a ni fait, ni pu faire, ce Dieu infiniment bon. Non,
Caïn, tu n'es pas né pour la misère; le Seigneur n'appelle
aucune créature du néant, pour qu'elle soit malheureuse.
Il est vrai que l'homme par sa faute peut être malheureux;
qu'il peut ne pas savoir jouir, et se faire de la vie un supplice.
Quand sa raison succombe aux attaques des passions impé-
tueuses, à la cupidité, aux desirs criminels, il devient misérable, et tout ce qui étoit bon de sa nature, lui tourne en poison.
Tu ne peux pas commander à l'orage de n'être pas furieux,
et au torrent impétueux de rester paisible : mais tu peux
dégager ta raison des nuages qui l'obscurcissent, et rendre
la clarté à ton ame; alors elle commandera impérieusement
à ces passions qui la gourmandent, elle modérera la cupidité,
ira fouiller au fond de ton ame; tous tes sentimens mis au
creuset seront épurés; les vains souhaits et les desirs impurs
disparoîtront comme les brouillards du matin disparoissent
devant le Soleil. J'ai vu, Caïn, avant ces tems - ci, j'ai vu
des larmes de joie sur tes joues; la joie se répandoit sur
toute ton ame, quand ta raison approuvoit tes actions ver-
tueuses. Parle toi-même, Caïn, alors n'étois-tu pas heureux?
Alors ton ame n'étoit-elle pas comme le pur azur des cieux,

sans taches et sans nuages? Rappelle à toi ce rayon de la Divinité, cette saine raison, directrice des mœurs: et la vertu, sa compagne inséparable, ramenera la joie de ton ame, en y ramenant le bonheur. O mon cher fils, écoute mes exhortations! La première chose que te commande ta raison remise dans ses droits, c'est d'aller embrasser ton frère. Comme sa joie s'épanchera en larmes! Avec quelle tendresse il te serrera contre sa poitrine! »

« Je l'embrasserai, mon père, (reprit Caïn) quand je serai de retour des champs; maintenant l'ouvrage m'appelle. Je l'embrasserai: mais... de ma vie, mon ame, qui est née forte et mâle, ne s'accoutumera à cette mollesse efféminée, qui vous le rend si cher, et qui vous arrache tant de larmes de joie; à cette mollesse qui a attirée sur nous toute la malédiction, lorsque dans le Paradis tu te laissas gagner trop facilement par quelque larme... Mais que fais-je, misérable? Est-ce que je m'échapperois en reproches? Non, mon père, je t'honore, ô mon père! et je me tais. »

Ainsi parla Caïn, et s'en retourna à son travail. Adam étoit resté immobile, pleurant amèrement, et levant les mains vers le ciel. « Ah Caïn, Caïn (lui cria-t-il en s'en allant) je les ai mérités, hélas! ces sanglans reproches. Mais ne devois-tu pas épargner ton père, et t'interdire ce blâme outrageant, qui ébranle mon ame comme un tonnerre? Ah malheureux que je suis! C'est ainsi, (car je le pressens déjà)

c'est

c'est ainsi que mes derniers neveux, quand ils se traîneront
dans la fange du péché, et que le châtiment inséparable
du crime, se fera sentir dans toute sa rigueur, s'élèveront
contre ma poussière, et maudiront le premier pécheur ! »

Ainsi parla Adam, en se retirant des champs, contristé,
la face penchée contre terre. De tems en tems seulement
il levoit les yeux au ciel, en gémissant tout haut, et portoit
ses deux mains jointes au-dessus de sa tête. Caïn le regardoit,
et s'écria, pénétré de douleur à son tour : « Comme il lève
tristement les mains vers le ciel! comme il se lamente! comme
il gémit!... Je lui ai fait des reproches insultans ; à ce bon
père!... Où m'emporte mon aveugle rage? Un enfer déchire
mes entrailles! Ah malheureux que je suis ! je porte une
horreur continuelle dans leur ame ; j'empoisonne, je dé-
truis tous leurs plaisirs. Je ne suis pas digne d'habiter parmi
les hommes ; je devrois demeurer parmi les monstres sauvages, qui exercent brutalement leur fureur dans les déserts.
Le voilà déjà loin de moi, et je l'entends encore gémir.
Comme il chancelle, accablé par la douleur!... Si je courois
après lui? Si j'allois embrasser ses genoux, et lui demander
ma grace par ce qu'il y a de plus sacré? Oui... je le vois
bien ; mon malheur ne vient point du dehors ; c'est dans
mon propre cœur, foible et mal gardé, que s'élèvent ces
noirs orages qui foudroyent tous mes plaisirs et les leurs.
Revenez, ô raison, ô vertu! Triomphez des passions fou-
gueuses qui vous offusquent, et éteignez cet enfer qui déchire

D

mon ame ! Voilà mon père arrêté là bas, comme sans
sentiment, les mains élevées au–dessus de sa tête, il paroît
implorer le ciel. Je cours me jetter à ses pieds, ô misérable
que je suis ! »

Et sans délai Caïn courut à son père qui, appuyé sans
force contre une souche, rêvoit tristement et pleuroit, les
yeux baissés vers la terre. Toute l'ame du fils fut ébranlée
à cette vue ; il se jetta sur la poussière devant lui, embrassa
ses genoux ; un torrent de larmes sortit de ses yeux, il leva
ses regards sur son père, en lui disant : « Pardonne-moi ;
ô mon père !... encore ne suis-je pas digne de t'appeller
mon père ; je mérite que tu te détournes de moi avec horreur.
Mais vois les larmes de mon repentir ; vois mes regrets, et
me pardonne. Misérable que je suis ! j'étois sourd à tes
exhortations ; mais, ô mon père ! lorsque tu t'en retournois
en pleurant, les mains levées vers le ciel, un frémissement
a saisi mon ame, et l'a éclairée d'un trait subit ; je viens
à présent.... je viens pleurer devant toi. Vois toute ma
difformité : mais vois aussi ma désolation : je demande humblement pardon, ô mon père, à Dieu, à toi-même, à mon
frère, à tous ceux que j'ai offensés. »

« Leve-toi, mon fils, leve-toi ; que je t'embrasse (dit le
père en sanglotant et le serrant affectueusement contre sa
poitrine.) Celui qui habite dans le ciel voit avec une bénigne
complaisance ces larmes que tu verses. Mon fils, mon bien-
aimé, embrasse-moi... Oh que mon chagrin s'est rapidement

converti en joie! Heure solemnelle, heure à jamais bénie, dans laquelle mon fils, mon premier-né, nous rend la paix, dans laquelle il m'embrasse avec des larmes d'attendrissement. Embrasse-moi encore; soutiens-moi, mon fils; la joie me fait chanceler : mais ne différons pas, mon bien-aimé, allons trouver ton frère; qu'il t'embrasse aussi. »

Ils alloient trouver le frère aux pâturages, lorsqu'Abel, à côté de sa mère, avec Mehala et Thirza, sortit des bocages. Ils avoient suivi secrètement Adam, pour écouter leur entretien si intéressant pour toute la famille. Abel vole à bras ouverts au-devant de Caïn ; le presse en pleurant, sans pouvoir exprimer ses transports. « Mon frère, mon frère, (dit-il d'une voix entrecoupée par ses sanglots) et tu m'aimes! ah fais, fais que je l'entende de ta bouche! tu m'aimes… ô joie inexprimable! »

« Oui, mon frère, je t'aime: (répondit Caïn en l'embrassant) peux-tu… pouvez-vous tous oublier mes offenses, me pardonner d'avoir si long-tems chassé le repos loin de vous, et répandu sur vos jours l'affliction et la douleur? Mon ame comme un éclair s'est dégagée de cette obscurité, et a dissipé cette tempête furieuse : cette herbe maudite qui étouffoit dans mon sein le germe du bien, est foulée à mes pieds, et ne se relevera jamais. Pardonne-moi, mon frère, et garde-toi de jeter la vue dans la funeste obscurité du passé. »

D 2

Abel repartit vivement, l'embrassant avec un nouveau transport de tendresse : « Non jamais, ni toi non plus, mon bien-aimé; laissons le passé. Quoi nous n'oublierions pas le chagrin d'un songe léger du matin, quand nous nous éveillons pour goûter un bonheur assuré, et que des torrens de joie nous environnent! Ah Caïn, que ne puis-je t'exprimer ma joie, la moitié de mes transports! je perds la voix; je pleure, je te serre contre ma poitrine, et pleure encore. »

Pendant que les frères s'embrassoient, Eve, témoin de cette scène si touchante, fondoit en larmes; et, lorsque les sanglots un peu modérés eurent fait place à sa voix: « Non, mes enfans, (dit-elle) non, mes bien-aimés, depuis que j'ai entendu pour la première fois le doux nom de Mère des lèvres de mon premier né, jamais je n'ai senti une joie si vive. Il me semble que de lourdes montagnes se soient écoulées tout-à-coup de dessus ma tête, tant je me sens légère et déchargée du poids des ennuis qui m'accabloient. Toutes les heures vont m'être désormais riantes et agréables. La joie et la concorde sont au milieu de ceux qui reposoient dans mon flanc, qui ont sucé mes mammelles. Oui, me voici semblable à une vigne féconde, qui porte de doux raisins, le passant bénit cette vigne de ce qu'elle porte de si doux fruit. Embrassez-vous, enfans, embrassez-moi; que je baise chaque larme répandue sur vos joues, ces pleurs précieux que l'amour fraternel a fait couler. »

Eve dit; et, remplie d'un transport inexprimable, elle

embrassa ses fils. Elle embrassa aussi Méhala et Thirza ; et de nouvelles larmes accompagnèrent encore ces nouveaux embrassemens. Alors l'épouse de Caïn dit à sa sœur avec un soupire de joie ! « Ah ma bien-aimée ! ah quelles délices ! que ce jour soit un jour solemnel ! Viens cueillir les plus belles fleurs pour les répandre sur la table , dans le berceau ; allons choisir les meilleurs fruits que portent nos arbres et nos arbustes ; que ce jour soit pour nous un jour de délices ; qu'il s'écoule dans de doux transports. »

Elles se hâtèrent d'aller dépouiller les arbres et les fertiles espaliers ; la joie leur prétoit des ailes. Caïn et Abel se tenant la main, et près d'eux Adam et Eve, enivrés d'une satisfaction parfaite, s'avançoient ensemble vers la colline. Lorsqu'ils y arrivèrent, les sœurs avoient déjà paré la table du berceau de divers fruits, entremêlés de fleurs odorantes , mélange délicieux d'éclat, de couleurs et d'odeurs suaves. Ils s'assirent pour ce repas délicieux : la joie, la gaieté, les doux entretiens amenèrent rapidement la fraîche soirée.

CHANT SECOND.

TANDIS que la première famille du Monde goûtoit une joie pure dans le berceau, le père des hommes prit la parole en ces termes : « Vous sentez à présent, ô mes enfans, quelle sérénité se répand dans notre ame après une bonne action ; vous sentez qu'on n'est heureux véritablement que quand on est vertueux. Par la vertu nous nous égalons aux purs esprits ; nous nous portons, pour ainsi dire, dans le ciel ; tandis qu'au contraire si nous nous laissons subjuguer par la passion, elle nous dégrade, et nous entraîne dans de sombres labyrinthes où l'inquiétude, la détresse, la misère et le repentir nous épient et s'emparent de nous. O Eve ! eussions-nous cru, lorsque, nous tenant par la main, nous quittâmes tristement le Paradis, que tant de félicité nous fût réservée dans cette terre maudite. Hélas ! j'ai toujours présentes à l'esprit les circonstances de ce triste bannissement. »

Adam se tut, et Abel lui dit : « O mon père, si rien ne t'empêche de goûter avec nous les charmes de cette belle soirée, sous ce riant berceau ; si tu ne t'es pas proposé d'aller à la tendre lueur du crépuscule, te plonger dans des méditations profondes, daigne condescendre à ma prière ; fais-nous le tableau des jours qui se sont écoulés depuis l'époque de

votre fatale transmigration en cette vaste terre , jusqu'au
moment présent. »

Tous alors regardèrent Adam avec une attention muette,
impatiens de savoir ce que produiroit la prière d'Abel. « Y
a-t-il quelque chose, (lui dit-il) que je puisse te refuser
en ce jour de joie? Je vais vous raconter ces tems de grace
et de miséricorde, signalés par les promesses et les espérances
données à l'homme pécheur. Dis-moi, chère Eve, où com-
mencerai-je cette importante histoire? Sera-ce à l'instant
où , nous tenant par la main, nous nous éloignâmes du
Paradis; mais, ô ma bien-aimée, déjà je vois tes yeux,
inondés de pleurs. Commence-là, (dit-elle) cher époux, à
l'endroit où , jettant mes derniers regards sur le Paradis
avec un torrent de larmes, je me laissai tomber dans tes
bras, accablée de regret et de désespoir. Mais ce que je
sentis alors , laisse-le moi décrire moi-même ; car je crain-
drois que, pour ménager ma foiblesse, tu n'exquississasses trop
légèrement cette scène si touchante. »

« Déjà l'épée de l'Ange qui nous conduisoit hors du
Paradis avec une compassion obligeante , flamboyoit loin
derrière nous ; sa voix nous rappelloit encore le souvenir
des promesses , et de la grace excessive d'un Dieu offensé.
Déjà nous étions descendus sur la terre, et marchions à
travers des déserts arides ; là il n'y avoit plus d'Eden ; ce
que nous traversions n'étoit pas tapissé de ces fleurs
agréablement

agréablement odorantes, ni garni d'arbres ou d'arbrisseaux
fertiles; on n'en voyoit que de loin en loin, sur un terrein
sec, comme on voit des Isles semées à de grandes distances
dans les mers. Nous marchions en silence, et la terre n'étoit
devant nous qu'un triste et vaste désert. Adam me tenoit
la main. Je jettois sans cesse en pleurant des regards désolés
sur le séjour de délices que nous perdions : mais je n'osois
lever les yeux sur la déplorable victime de ma séduction
qui partageoit mon désastre. Il marchoit à côté de moi, la
tête penchée vers la terre, tantôt laissant errer sa vue sur
les campagnes, tantôt la fixant sur moi; je fondois aussi-tôt
en larmes. Ces larmes lui fermoient la bouche; il ne pouvoit
que me presser langoureusement contre sa poitrine. Arrivés
au penchant d'une colline, dont le sommet commençoit à
nous dérober la vue du Paradis, je m'arrêtai saisie d'un
accablement qui me rendoit immobile; et, le contemplant
douloureusement, je fis retentir la contrée de mes cris.
Hélas! c'est peut-être pour la dernière fois que je le vois,
ce Paradis, mon lieu natal, où, cher époux, si tu me
permets encore de t'appeller de ce nom, ayant demandé
avec instance une compagne à ton Créateur, tu fus mal-
heureusement exaucé, et ta perte naquit de ton propre flanc.
Belles fleurs que ma main soigneuse a cultivées, pour qui
exhalez-vous maintenant vos suaves émanations? Vous,
charmans bosquets, qui est-ce qui jouit du frais qu'entre-
tiennent vos feuillages odorans? Arbres féconds en fruits de
toute espèce, à qui réservez-vous vos riches dépouilles? Je

E

ne verrai plus ce lieu enchanteur. L'air balsamique qu'on
y respire est trop pur pour une malheureuse souillée de
crimes, c'est un séjour trop saint pour une pécheresse. O
funeste dégradation! Chéris des Esprits célestes, sortis si
purs, si heureux, des mains du Créateur, que notre chûte
à tous deux est affreuse! A tous deux hélas! car tu es tombé
toi-même, séduit par ta perfide épouse. O toi, cher et déplorable complice, sur qui je n'ose à peine lever les yeux,
n'use point hélas! du droit que je t'ai donné de me haïr. Ne
m'abandonne pas, ô mon unique soutien, ne m'abandonne
pas, je t'en conjure par le Dieu que nous servons, par les
promesses même que son indulgente bonté nous a faites par
notre misère présente. Il est vrai, je ne mérite de ta part
que haine et exécration, mais permets-moi seulement de
suivre servilement tes pas, de soulager les peines où je t'ai
plongé, qu'un regard, un signe m'expliquent tes vœux et
tes volontés! Je joncherai de fleurs tous les lieux où tu auras
établi ta demeure; j'irai dans des réduits solitaires cueillir
pour toi les fruits les plus exquis; et je m'estimerai heureuse,
si pour lors tu récompenses mes foibles services d'un regard
de compassion. Ayant cessé de parler, je me laissai tomber
dans ses bras; il me serra affectueusement contre sa poitrine,
m'arrosa de ses larmes, et me dit:

« O épouse tendrement chérie, ne rendons pas, par
des reproches amers, nos maux plus amers encore; nous
en avons tous deux mérité bien plus que nous n'en souffrons;

notre Dieu, en nous punissant, a tempéré ses vengeances par des promesses. Il est vrai qu'elles sont voilées d'une sainte obscurité: mais à travers cette obscurité même, la bonté divine perce et se fait sentir. S'il n'eût écouté que sa juste colère, hélas! que serions-nous devenus? Non, ma bien-aimée, il ne faut pas que des plaintes importunes et des reproches amers nous rendent indignes de sa grace, et profanent nos lèvres, ne les ouvrons que pour des actes de piété et des actions de graces. Son regard pénétrant perce les plus obscures ténèbres; et, comme il découvre au fond des ames les péchés les plus secrets, il verra de même dans les nôtres, notre humiliation, notre reconnoissance, nos hommages et nos efforts imparfaits pour le bien. Embrasse-moi, chère Eve, donnons cet innocent intermède à notre misère. Que nos secours mutuels servent à l'adoucir, luttons de concert contre notre ennemi commun, l'affreux péché, et tâchons de nous réhabiliter dans notre dignité primitive, autant que notre corruption actuelle le permet; que la paix et le tendre amour soient toujours au milieu de nous; nous prêtant une main secourable, nous supporterons avec moins de tristesse et d'accablement le fardeau qui nous est imposé, et nous irons courageusement au-devant de la mort qui, comme il paroît, ne s'avance que lentement. Maintenant descendons vers les peupliers qui servent d'avenue à ce rocher: le soir vient, et ce lieu sera commode pour y passer la nuit. »

« Adam cessa de parler: je l'embrassai à mon tour; ensuite,

E 2

ayant essuyé les larmes de mes yeux avec les tresses de ma chevelure, nous descendîmes au pied de la colline, et gagnâmes le bois de peupliers qui bordoit le pied du rocher. »

Eve se tut, et jetta un tendre souris sur Adam qui reprit ainsi le fil de l'histoire :

« Nous avançâmes, mes enfans, sous ces peupliers, et ayant pénétré jusqu'au rocher, nous le trouvâmes creux : sa cavité formoit une grotte. « Vois, (dis-je à votre mère) vois combien de commodités la Nature nous offre, vois cette grotte riante et cette source pure qui coule à côté avec un doux murmure. Préparons ici notre gîte : mais, chère Eve, il faudra que j'en ferme l'entrée aux surprises nocturnes des ennemis. Quels ennemis, (demande Eve avec émotion ?) N'as-tu pas remarqué (lui dis-je,) que la malédiction a frappé tout ce qui est créé ; que les liens d'amitié sont rompus entre les êtres vivans, et que le plus foible est la proie du plus fort ? Là-bas dans la campagne, j'ai vu un jeune lion poursuivre avec un rugissement funeste un chevreuil effaré. J'ai vu la guerre parmi les oiseaux de l'air. Nous ne sommes plus des maîtres, en droit de commander aux animaux, à moins que ce ne soit à ceux dont les forces ne répondent pas aux autres. Ceux qui auparavant jouoient autour de nous d'un air caressant et soumis, le tigre tacheté, et le lion à longue crinière, poussent contre nous d'effrayans rugissemens, et ont dans les yeux un feu menaçant. Il est vrai que nous gagnerons les plus traitables par la douceur; que nous nous garantirons des plus féroces par notre art et par notre adresse. Je vais toujours entrelacer des broussailles devant l'entrée de la grotte. » Je me mis aussi-tôt à l'œuvre. Eve cependant, timide et sans me perdre de vue, alla cueillir des fleurs et des feuilles, pour nous en former un lit, et mit à contribution pour notre table les arbres et les arbrisseaux d'alentour. Sa provision faite, elle revint avec hâte, et la posa devant moi, sur l'herbe tendre. »

« Alors nous nous assîmes dans la grotte sur des siéges tapissés de fleurs, et nous commencions notre repas frugal, l'assaisonnant d'entretiens gracieux, lorsqu'un sombre nuage vint tout-à-coup obscurcir le Soleil couchant, et gagna jusques sur nos têtes. Le sombre voile dont il couvrit la terre, sembloit être pour ses habitans et pour toute la Nature un présage de destruction. Un vent orageux qui s'éleva ensuite, mugit à travers les montagnes, et bouleversa toutes les forêts, des flammes sortirent du sein des nuages, et les éclats du tonnerre vinrent augmenter l'horreur et l'effroi. Eve épouvantée s'élança dans mes bras, et se tenoit serrée contre ma poitrine, respirant à peine. « Il vient, (dit-elle) il vient le Juge; qu'il est terrible! il vient nous apporter la mort, à nous et à toute la Nature, à cause de ma prévarication. O Adam! Adam!... (A ces mots elle resta tremblante et sans voix; toujours appuyée sur moi.) Rassure-toi, lui dis-je, ma bien-aimée! mettons-nous à genoux devant la grotte, et adorons ce Dieu terrible porté sur les nuages, et précédé d'éclairs et de foudres. » O toi, grand Dieu, qui tempérois avec tant de bonté l'éclat de ta divinité pour te communiquer à moi, dès que je pus ouvrir les yeux, au sortir de tes mains créatrices, que tu es terrible, quand tu marches pour venir juger ta créature ! Et sur le champ nous nous prosternâmes devant la grotte, où, le visage pâle, et les mains tremblantes, nous adorâmes humblement, dans l'attente que le souverain Juge, porté au-dessus de nos têtes, nous diroit par son tonnerre : « Mourez, ingrats; et que la terre qui vous a portés s'anéantisse devant ma fureur. » Le ciel cependant se fondoit en eau ; mais il ne sortoit plus de flammes des nuées, et le tonnerre ne mugissoit plus que dans le lointain. Alors je levai ma tête, en disant : « Le Seigneur a passé près de nous, chère Eve ; il ne détruira pas la terre, et nous ne mourrons pas aujourd'hui : car que deviendroit sa promesse, s'il nous détruisoit, et dans nos personnes, nos descendans? La Sagesse éternelle ne se repent pas des promesses qu'elle a faites. » Nous nous rassurâmes ; les nuages se dissipèrent, et le Soleil couchant répandit un éclat admirable sur les nuages ; tel que celui qui brilloit lorsque des légions d'Anges étoient portées sur des nuages légers au-dessus d'Eden, et que leur trace répandant sur leur route un long sillon de lumière, rendoit les nuages étincelans comme la flamme. Les campagnes humectées reposoient en silence ; les couleurs renaissoient plus vives ; et le Soleil couchant lançoit sur nous ses derniers rayons ;

nous célébrâmes avec un saint étonnement cette scène touchante. C'est ainsi que le premier orage passa par-dessus
nos têtes. Bientôt la lumière rougeâtre du soir fit place au
sombre crépuscule, et les nuées ne furent plus éclairées
que par les foibles rayons de la lune. Alors nous sentîmes
pour la première fois sur nos membres frappés, l'effet des
fraîcheurs de la nuit : comme nous venions de sentir quelques
heures auparavant l'ardeur brûlante du Soleil à son midi.
Nous nous enveloppâmes dans les peaux dont notre Juge
bienfaisant avoit daigné ceindre nos reins, avant que nous
sortissions du Paradis, pour preuve qu'il n'avoit pas retiré
de dessus nous sa main secourable. Nous nous étendîmes
dans la grotte sur un lit d'herbages et de fleurs, et nous
attendîmes le sommeil dans un doux embrassement. Il vint,
mais non pas aussi aisément, non pas avec cette douceur
qu'il venoit quand nous étions encore innocens. Alors notre
imagination neseremplissoitque d'images riantes et agréables :
mais depuis, elle fut troublée par l'inquiétude, la crainte et
les remords qui y mêloient des phantômes bisarres. La nuit
étoit tranquille, notre sommeil l'étoit aussi ; mais pourtant,
quelle différence d'avec cette nuit délicieuse où je te conduisis, ô Eve, pour la première fois dans le berceau nuptial.
Les fleurs étoient encore plus odorantes que de coutume ;
jamais les accens de l'oiseau nocturne n'avoient retenti avec
tant d'harmonie ; jamais la lune n'avoit brillé d'un éclat si
pur. Mais pourquoi m'arrêter à des images qui réveillent
ma douleur assoupie ! Déjà le Soleil du matin élevoit à lui

la rosée limpide, lorsque nos paupières s'ouvrirent; déjà
les oiseaux célébroient par leurs chants le retour de la lumière.
Le nombre en étoit petit, car la terre n'avoit pas encore
d'autres animaux que ceux qui, après la malédiction, s'é-
toient enfuis du Paradis; le Jardin du Seigneur ne devoit
point voir régner la Mort dans son enceinte. Nous allâmes
devant la grotte, faire notre adoration, après quoi je dis à
Eve: « Allons plus loin; je vois, en parcourant des yeux
cette contrée immense, qu'il nous est libre de promener
notre choix sur beaucoup d'autres habitations, dont les productions seront plus abondantes et les beautés plus diversifiées.
Vois-tu cette rivière serpenter à travers une verte prairie?
La colline qui la borde, présente de loin à la vue un jardin
plein d'arbres, sur son dos couvert de verdure. Mon bien-
aimé, (dit Eve, en pressant ma main de la sienne,) je te
suivrai par-tout où tu me conduiras; » et nous poursuivîmes
notre chemin vers la colline. Nous en approchions lorsqu'Eve
vit presque au-dessus de sa tête un oiseau foible, dont le
plumage sembloit hérissé, voler avec peine en poussant des
cris plaintifs, tournoyer quelques instans dans l'air, et s'a-
battre ensuite sans force parmi les broussailles. Elle approcha,
et en vit un autre étendu sans mouvement sur l'herbe, que
celui-ci sembloit pleurer. Eve l'examina long-tems courbée
sur lui; puis, le prenant, mais en vain, pour le tirer de ce
qu'elle croyoit un sommeil: « il ne se réveille pas, » dit-elle
avec effroi, et elle le posa sur l'herbe d'une main tremblante, « Il ne se réveillera même jamais. » A ces mots elle

fondit

fondit en larmes. Hélas! continua-t-elle, en apostrophant celui qui poussoit des cris lamentables, « c'étoit peut-être là ta compagne. C'est moi, malheureuse, qui ai attiré la malédiction et la misère sur chaque créature; c'est moi qui te fais souffrir, innocente volatille! » Ses pleurs redoublèrent; et, se tournant vers moi: « Quel accident est-ce là, (me dit-elle?) Quel engourdissement affreux! Je ne lui vois plus de sentiment; ses membres roidis refusent leur service. Parle, Adam; ne seroit-ce point la mort? Ah, ce l'est; j'en frémis; un frisson glacé me pénètre jusqu'aux os! Ah! si la mort dont nous sommes menacés est de même, ô qu'elle est terrible! Si elle me séparoit donc aussi de toi, et que, frappé toi-même.... O.... Adam! soutiens-moi, je n'en puis plus. » Alors elle poussa de longs sanglots, courbée vers la terre, dans l'abattement de la plus profonde douleur. J'embrassai mon épouse éplorée, en lui disant: « N'accrois pas, ô chère épouse, tes craintes et ta douleur; mettons notre confiance dans celui qui gouverne toutes ses créatures avec une sagesse infinie; songeons que lorsqu'il monte sur son tribunal formidable, environné de l'ombre du mystère, la miséricorde et l'amour sont toujours à ses côtés. Pourquoi guidés par une imagination lugubre aller chercher des malheurs dans l'avenir? Notre raison ne verra donc que nos maux? Est-il juste que nous détournions les yeux de dessus les monumens de sa sagesse et de sa bonté, au risque de nous plonger plus profondément dans la misère par notre aveuglement? C'est cette sagesse et cette bonté qui ont

F

réglé le sort qui nous est destiné. Ainsi , marchons en
assurance sous sa direction , et respectons ses décrets , sans
les pénétrer. »

« Cependant nous continuâmes d'avancer vers la colline,
et nous traversâmes les buissons féconds qui couronnoient
le pied du côteau. Sur le sommet , au milieu d'arbres
fruitiers, s'élevoit un haut cèdre, dont le feuillage épais
entretenoit au loin la fraîcheur, augmentée par une source
pure qui serpentoit à l'ombre parmi les fleurs. Ce lieu ouvroit
aux regards une perspective immense, où l'œil se perdoit
dans un air nébuleux. « Voilà (dis-je alors) une ombre
du Paradis , une habitation au moins commode. Pour le
Paradis même, nous ne le retrouverons nulle part. Recevez-
nous sous votre ombrage, cèdre majestueux! Et vous arbres
divers, je ne cueillerai pas vos fruits sans reconnoissance;
ils seront la récompense de ma culture et de mes travaux.
O Dieu tout-puissant, daigne regarder favorablement notre
demeure du haut de ton Ciel ; prête une oreille bénigne
aux supplications, aux louanges, aux actions de graces,
que nous ne cesserons jamais de diriger vers ton trône
céleste, à travers les sommets touffus de ses arbres. Car
ce sera ici que nous prendrons notre nourriture à la sueur
de notre corps; ce sera sous ces ombrages, ô chère Ève,
que tu enfanteras avec douleur; c'est ici que nos petits
fils doivent se répandre sur la terre, et c'est sous ces mêmes
arbres que la mort qui s'approche, doit nous trouver un

jour. O Seigneur, ô Seigneur mon Dieu, verse ta bénédiction sur la demeure profane du Pécheur ! »

« Et, en même-tems, Eve prioit aussi à mon côté, les
yeux mouillés de larmes et pieusement élevés vers le Ciel.
Alors je commençai à construire une cabane à l'ombre du
cèdre, je plantai un cercle de pieux dans la terre, dont
je formai un mur en les entrelaçant de branchages déliés. Eve
conduisoit la source à travers les fleurs, ou arrangeoit des
arbrisseaux en espaliers, ou soutenoit avec des baguettes
des fleurs penchées, ou cueilloit des fruits parvenus à leur
maturité. Ce fut alors que nous commençâmes à manger
notre nourriture à la sueur de notre visage. J'allois vers la
rivière chercher des roseaux pour couvrir notre cabane,
lorsque je vis cinq brebis blanches comme de petites nuées
du midi, et un jeune bélier qui paissoit au milieu sur la
rive. Je m'approchai tout doucement pour voir s'ils ne
s'enfuiroient pas comme le tigre et le lion qui auparavant
jouoient à mes pieds : mais ils ne s'enfuirent pas, et je les menai
devant moi avec un roseau sur notre côteau pour les y faire
paître. Eve, occupée à construire un berceau du superflu
des buissons, ne vit pas d'abord le petit troupeau : mais
il se décela par des bêlemens. Alors elle tourna la tête, et
laissa tomber de surprise les branchages. Son premier mouvement fut la crainte ; elle s'arrêta : mais bientôt elle s'écria
avec joie : « Oh ! ils sont doux et caressans comme dans
le Paradis. Soyez la bienvenue, ô aimable compagnie ; vous

F 2

demeurerez avec nous ; oui, je vous prie, demeurez-y. Nous
avons pour vos besoins des prés fleuris, des plantes odorantes
et une claire fontaine. Quel plaisir ce sera que de vous
voir bondir sur l'herbe autour de nous , tandis que nous
soignerons nos arbres et nos arbustes ! »

« Elle dit, et caressoit de la main leur épaisse toison.
Cependant la cabane fut construite et nous prenions le frais
à l'entrée, ensevelis dans une profonde rêverie, lorsqu'Eve
rompit le silence par ces mots : « Que cette contrée est
belle et diversifiée ! Qu'elle est fertile en productions de
toutes espèces ! Qui nous empêche de joindre les fruits
d'alentour à ceux que porte déjà cette colline? Alors notre demeure ressemblera au Paradis, comme le Paradis ressembloit
au Ciel, à ce que nous ont dit les Anges qui nous honoroient
de leurs visites; c'en sera du moins une ombre. Ah que ce
charmant séjour réunissoit de beautés diverses! La Nature
y versoit richement ses plus douces influences; l'agréable
et l'utile y étoient prodigués avec la même profusion; les
prés émaillés des plus belles couleurs donnoient d'abondans
paturages; de rians bocages présentoient à la vue l'assemblage
aimable des fleurs et des fruits; des cabinets de verdures,
des allées ceintrées, des bosquets touffus offroient des asyles
délicieux; tous les sens trouvoient des voluptés dans ce
jardin enchanteur. Hélas ! en comparaison d'un si beau
sol, tout paroît n'être autour de nous que des landes arides:
il semble que la terre maudite ne puisse plus rien produire;

ou qu'appauvrie, elle n'accorde qu'à différens climats ses diverses productions. Ah! Adam, j'ai déjà vu comme la mort et la corruption (car c'est sans doute la même chose) s'étendent sur toute la Nature; j'ai vu des fruits tombés, gâtés, des fleurs fanées sur leurs tiges; j'ai vu des arbrisseaux morts, tristement dépouillés de feuilles et de fruits. D'autres plus jeunes, à la vérité, germoient à côté; des fruits plus frais réparent ceux qui sont tombés, et la semence que répandent les fleurs fanées, en fait naître de nouvelles. C'est ainsi, Adam, c'est ainsi qu'un jour nous nous fanerons nous-mêmes, et ferons place à nos enfans qui fleuriront à leur tour. »

« Elle se tut, et moi, attendri jusqu'au fond de l'ame, je pris ainsi la parole: « Hélas! chère Eve, notre plus grande perte n'est pas celle de ces richesses terrestres; on peut s'en passer. Ce qui m'afflige, ce qui me désespère, c'est de nous voir bannis de cette heureuse contrée où il plaisoit à Dieu de se montrer visiblement; où, tempérant l'éclat de sa Divinité, il marchoit dans les bocages, quand un silence respectueux célébroit sa présence. J'osois souvent alors lui parler profondément prosterné, et le Tout-puissant daignoit écouter sa créature, et même lui répondre. Mais hélas! nous avons perdu cette prérogative des purs esprits. L'intelligence la plus pure habitera-t-elle parmi les pécheurs? Cet Être suprême habitera-t-il une terre qui a mérité sa malédiction? Il est vrai que du haut de son Trône il jette sur nous un œil de compassion, et que sa grace excède tous les souhaits

que notre misère nous permettoit de former. Il vient même
ici des Anges exécuter ses ordres , mais invisiblement et
sans éclat ; ils abandonnent soudain ce lieu de corruption ,
où ne peuvent séjourner que des êtres disgraciés du souverain Maître. »

« C'est ainsi que nous nous entretenions , assis l'un près
de l'autre ; et , ensevelis dans une profonde rêverie , nous
regardions tristement la terre devant nous , lorsqu'une nuée
éclatante descendit sur la terre , et , appuyant sa base sur la
colline, s'ouvrit pour laisser sortir une figure radieuse. C'étoit
un Ange. Nous volâmes au-devant ; nous courbâmes respec-
tueusement nos corps devant lui ; et l'Esprit céleste nous
parla ainsi : « Celui qui a son Trône dans le Ciel , a entendu
vos discours : Vas (m'a-t-il dit) apprendre à ces créatures
affligées , que ma présence n'est point bornée par l'enceinte
des Cieux ; elle s'étend sur tout ce que j'ai créé. Qu'est-ce
qui fait que le Soleil continue de darder ses rayons ; que les
étoiles ne s'arrêtent point dans leur cours ; que la terre produit ses fruits à l'ordinaire , et que le jour et la nuit se
succèdent régulièrement ? Qu'est-ce qui conserve les êtres ,
les fait vivre et respirer ? Ma présence. Qu'est-ce qui te
préserve toi-même de tomber en corruption ? c'est que je
suis auprès de toi , où je démêle tes plus secrettes pensées. »

« Comme la sphère lumineuse qui environnoit le messager céleste , s'étendoit jusques sur moi , plein d'un saint

saisissement, et levant vers lui mes yeux éblouis : « Que les
graces du Seigneur (lui dis-je) sont incompréhensibles !
Il jette des regards de pitié sur notre misère, et nous fait
visiter par ses Anges. J'en suis, hélas ! tout confus, et n'ose
qu'à peine t'envisager, ô Esprit lumineux : mais permets-
moi de te dire mes sombres appréhensions. Je ne doute point
de la présence de Dieu parmi ses créatures ; je le vois, je
le sens perpétuellement ; et je n'ai garde de prétendre que
l'Etre le plus pur se communique plus intimement à une
créature souillée de péchés. Mais je crains que par la suite
l'homme multiplié ne se dégrade encore ; que dégradé, sa
misère n'empire ; et qu'il n'en vienne à n'avoir plus de l'Etre
suprême que des notions confuses et ténébreuses. Car, puisque
je suis tombé, mes enfans pourront tomber aussi, et tomber
plus profondément. Il viendra un tems où je ne serai plus
avec eux pour leur faire voir en ma personne des preuves
sensibles de sa bienfaisance. Il est vrai que le moindre insecte
pourra l'annoncer assez clairement ; mais la voix de la Nature ne sera-t-elle pas alors trop foible pour eux, lorsque
Dieu continuera de cacher sa face aux humains ? Ah ! cette
pensée m'est un fardeau pesant comme une montagne. »

« Père des hommes, (me répondit gracieusement l'Esprit
céleste) celui en qui et par qui tout vit et respire, n'aban-
donnera pas ta postérité. Souvent à la vérité leurs péchés
monteront jusqu'à lui criant vengeance, lui feront saisir son
tonnerre, et manifester ses jugemens. Les pécheurs alors

se traîneront dans la poussière , et diront : « Le voilà ce
Dieu terrible. » Mais plus souvent encore il se manifestera
par sa miséricorde. Quand ils se seront écartés de sa voie ,
il ira les appeler avec bonté ; il suscitera parmi eux des sages
qui éclaireront leur intelligence ; ils tourneront leurs regards
vers le Seigneur, et reviendront des voies ingrates de l'extra-
vagance et de la stupidité , dans les sentiers de la justice et
de la droite raison. Des Prophètes autorisés par sa mission
leur annonceront long-tems d'avance les jugemens et les
graces du Très-haut , renfermés dans le trésor d'un avenir
éloigné, afin qu'ils voyent que c'est sa sagesse éternelle qui
gouverne les ressorts impénétrables du Destin. Il leur parlera
souvent par des Anges , souvent aussi par des prodiges , et
il y aura des justes pour qui sa bonté infinie le fera des-
cendre lui-même de son Trône , jusqu'à ce qu'enfin le
grand Mystère du Salut des hommes se développe, et que
la race de la femme écrase la tête du Serpent. »

« L'Ange se tut : son souris gracieux m'enhardit à lui
parler encore une fois : « O ami céleste (lui dis-je) si tu
permets à l'homme pécheur de te nommer ainsi ; (et tu le
permets sans doute, car pourrois-tu haïr celui que l'Eternel
ne hait pas , celui pour qui la clémence divine se manifeste
avec tant d'éclat, que les cieux en sont dans l'admiration,
et que l'ame humiliée dans la poussière ne balbutie qu'imparfaitement sa reconnoissance , faute des termes suffisans
pour l'exprimer) óserai-je te demander , Esprit lumineux,
                                                      s'il

s'il ne t'est pas permis de tirer ces augustes Mystères de la sainte obscurité qui les voile ; de m'apprendre au moins ce que signifie cette grande promesse que la race de la femme écrasera la tête du Serpent, et quelle est la malédiction que Dieu a lancée contre l'homme, quand il lui a dit : « Tu mourras. » L'Ange répondit : « Je ne te cacherai rien de ce qu'il m'est permis de te dévoiler. Apprends donc, ô Adam, qu'à l'instant que tu eus péché, Dieu dit aux Esprits bienheureux : « Adam m'a désobéi, et il mourra. » Cependant tout-à-coup un nuage ténébreux environna le Trône de l'Eternel, et il se fit, d'une extrémité du ciel à l'autre, un silence profond, qui remplit d'effroi toute la cour céleste : mais ce silence ne dura que peu de tems. Le nuage ténébreux s'écarta comme un rideau de devant le Trône ; jamais Dieu ne s'étoit manifesté aux Anges avec tant de magnificence, si ce n'est en cet instant mémorable, où sa voix créatrice appellant les astres du néant, leur dit : « Soyez faits, » et continua de parcourir, en créant, toute l'immensité de l'espace. Tandis que tout étoit dans l'attente de ce qui alloit suivre, sa voix, retentissante comme le tonnerre, fit entendre ces mots pleins de bonté : « Je ne détourne point mes regards de dessus le pécheur. » La terre rendra témoignage de ma miséricorde infinie. La femme donnera naissance à un vengeur qui écrasera la tête du Serpent. L'Enfer n'aura pas lieu de se réjouir de sa victoire, et la mort perdra sa proie. Cieux, célébrez ce jour ! Ainsi parla l'Eternel ; l'éclat éblouissant de sa gloire auroit terrassé les Archanges mêmes, si

G

quelque léger voile n'en eût tempéré sur le champ la vivacité.
Les cieux célébrèrent tout ce jour-là le grand Mystère de
la bonté divine: mais comment Dieu pourra-t-il, sans blesser
sa justice, faire grace au pécheur? Voilà ce qui est incom-
préhensible pour l'Archange même. Il doit suffire que Dieu
l'ait dit. Nous savons, et il t'est permis de savoir que la
mort a perdu sa puissance; qu'elle ne fera que dégager l'ame
de ses liens. Le corps, cette enveloppe de boue qui l'enferme,
retournera dans la poussière dont il fut formé. L'ame épurée
s'élèvera au séjour céleste pour y être infiniment heureuse,
comme nous le sommes. Ecoute, Adam, l'ordre de ton
Dieu: Je veux t'être favorable à toi et à ta race; je veux
qu'il y ait un signe entre moi et toi, qui soit le sceau de cette
grande promesse. Bâtis un autel sur cette colline; immole
dessus un jeune agneau; et de ma part j'enverrai un feu
dévorant qui consumera la victime. Tous les ans tu renou-
velleras le même sacrifice, et tous les ans j'enverrai la même
flamme pour le consumer. Voilà, (dit l'Ange continuant de
parler) voilà que je t'ai révélé tout ce qu'il plaît au Très-
haut que la créature sache de ses décrets. Seulement il m'a
permis encore de vous montrer avant de vous quitter, que
vous n'êtes pas si seuls qu'il vous semble sur ce globe, et
que cette terre, toute maudite qu'elle est, est encore habitée
par de purs Esprits, à qui l'Eternel a ordonné de veiller
pour vous défendre et vous conserver. »

« L'Ange à l'instant toucha nos paupières, et nos yeux

dessillés virent des beautés que je n'entreprends pas de décrire;
nulle expression ne peut rendre les traits majestueux que
je vis. Toute la contrée étoit peuplée d'enfans des cieux plus
beaux que n'étoit Eve, lorsque, nouvellement créée, elle
sortit des mains de l'Eternel, et qu'elle me réveilla d'une
voix gracieuse en me tendant les bras avec tendresse. Quelques-uns recueilloient de légers brouillards de la terre, et
les portoient en haut sur leurs aîles déployées pour en
faire des douces rosées et des pluies rafraîchissantes; d'autres
reposoient près des ruisseaux gazouillans, veillant à ce que
la source ne tarît pas, de peur que les plantes ne fussent
privées de leur humide nourriture. Plusieurs étoient dispersés
dans la plaine; là ils présidoient à la croissance des fruits,
répandoient sur des fleurs naissantes la couleur de feu, l'aurore
ou l'azur, et leur insinuoient des parfums agréables en les
fomentant de leur haleine; plusieurs erroient diversement
occupés dans l'ombre des bocages; et de leurs aîles brillantes
faisoient éclore à chaque pas de doux zéphirs qui tantôt
voltigeoient en murmurant à travers les ombrages, tantôt
planoient agréablement sur les fleurs, et alloient ensuite se
rafraîchir sur la surface frémissante des ruisseaux ou des lacs;
d'autres esprits se reposoient de leurs travaux, et, assis à
l'ombre, des harpes d'or à la main, chantoient en chœur,
en s'accompagnant, à la louange du Très-haut, des hymnes
que l'oreille des Mortels ne sauroient entendre; plusieurs
se promenoient sur notre colline même et parmi nos berceaux où, par leurs doux regards, ils sembloient compatir à

notre sort. Mais bientôt la taie levée de dessus nos yeux se
rabattit, et cette scène ravissante disparut. »

« Ce sont là (nous dit l'Ange) les esprits tutelaires de
la terre; la Nature fourmille de beautés trop sublimes pour
être goûtées par le sens des Mortels; le Créateur en a fait
de diverses pour les différens ordres d'êtres pensans; et ces
merveilles cachées à nos yeux, font le ravissement et l'admiration de classes innombrables d'esprits. Ces mêmes enfans
des cieux que vous avez vus ont aussi pour fonction d'aider
la Nature dans son attelier secret, à opérer les productions
diverses que les ordres de Dieu exigent d'elle de toute éternité. Ils sont aussi chargés de veiller à la sûreté de l'homme,
de diriger ses actions, et de détourner souvent de dessus
lui des malheurs dont il est menacé sans le savoir; il l'assistent
dans toutes ses routes, si tortueuses qu'elles soient, et font
que d'un mal apparent il résulte en sa faveur un bien réel;
ils sont les paisibles témoins de tes plaisirs domestiques,
et ils accompagnent tes actions les plus secretes d'un sourire
d'approbation, ou d'une marque de dédain. Ce sera d'eux
que le Seigneur se servira, soit pour répandre l'abondance
dans les pays qu'il aura bénis, soit pour porter la famine
et la désolation chez les Nations qui se seront écartées
de lui, lorsqu'il lui plaira de les rappeller par la voie des
châtimens. »

« L'Ange, en finissant ce discours qu'il avoit prononcé

avec une douceur attendrissante, rentra dans son nuage;
et nous, pleins d'un ravissement inexprimable, nous nous
prosternâmes en terre pour rendre à l'Eternel nos hommages
et nos actions de graces. Aussi-tôt après je bâtis l'autel
sur le sommet de la colline; et depuis, Eve fit son occupation
de construire à l'entour une espèce de nouveau Paradis. Ce
qu'elle trouvoit de fleurs dans la prairie et sur les coteaux,
elle venoit les planter aux environs de l'autel, et les arrosoit,
le matin et le soir, avec l'eau claire de la source qui mur-
muroit près de là. « O! Esprits tutélaires qui m'environnez,
(dit-elle alors) achevez cet ouvrage de mes mains; sans
votre secours, mes soins sont inutiles. Rendez ces fleurs
plus brillantes encore qu'elles ne l'étoient sur leur lieu natal;
car cette enceinte est consacrée au Seigneur. » Et moi je
plantois ce grand cercle d'arbres qui environne l'autel d'un
saint et paisible ombrage. »

« Nous passâmes l'été dans ces sortes d'occupations,
brûlés par un Soleil ardent. Déjà l'automne, couronné de
fruits divers, tiroit à sa fin; les aquilons rigoureux commençoient à souffler, et les montagnes se couvroient de frimats.
Nous vîmes avec douleur la Nature ainsi contristée : nous
ignorions qu'il falloit que la terre débile, après s'être épuisée
par ses bienfaits, réparât ses forces par le repos de l'hiver;
car, avant la malédiction, on avoit en une même saison, le
printems, l'été et l'automne; et, sous ces diverses dénomi-
nations, c'étoit toujours une température agréable et riante.

Cependant le deuil de la Nature augmenta encore ; les fleurs mouroient penchées sur leurs tiges ; ou, si quelques-unes survivoient de place en place aux environs de l'autel, elles sembloient, à leur air flétri, s'affliger de leur destruction prochaine ; les arbres se dépouilloient de leurs fruits les plus tardifs, et finissoient par perdre leurs feuilles. Bientôt la fureur des aquilons augmenta : ils soufflèrent des orages, des torrens de pluie, et la neige couvrit les plus hautes montagnes. Nous contemplions cette désolation générale avec une frayeur inquiète. « Si par hasard (disions-nous) ce ne sont là que les premiers effets de la malédiction prononcée contre la terre, la Nature va donc perdre le peu d'avantage que sa dégradation lui a laissé encore. Elle en avoit peu en comparaison du Paradis, cependant il lui en restoit assez pour répandre sur nos jours des douceurs et des commodités. Mais si la malédiction doit s'appesantir de plus en plus sur la terre, qu'un jour notre sort sera triste et malheureux ! » Au milieu de ces pensées nous nous exhortions réciproquement à bannir de nos cœurs toute idée de mécontentement, et à mettre notre espérance dans le Seigneur avec une respectueuse adoration. Cependant nous fîmes des provisions de fruits ; nous séchâmes au feu ce que la corruption et la pourriture nous auroit enlevé, et moi je garnis la caverne en dehors pour qu'elle nous mît à l'abri des frimats et des pluies. Pendant ce tems, le petit troupeau étoit languissamment sur la colline, broutant quelques brins d'herbes repoussés ; et moi, pour le préserver d'une disette

totale, j'allois sur les prés et sur les coteaux faire sa provision
de fourage, que je serrois soigneusement. Les jours s'écou-
loient tristement et lentement parmi les ouragans et les pluies:
mais à la fin le Soleil vivifiant se remontra, et ramena la
sérénité sur l'horison; des vents plus doux chassèrent du
haut des montagnes les brouillards humides; la Nature rajeunie sembloit sourire; une douce verdure revêtit la terre;
un mélange varié de fleurs diverses embellissoit les prairies,
et disputoit d'éclat avec le Soleil; les arbres et les arbrisseaux
se paroient de feuilles nouvelles; toute la Nature ranimée
étoit dans la joie. Ainsi reparut sur la terre, couronné de
fleurs et de feuillages, l'aimable printems, ce gracieux matin
de l'année. Rien n'égaloit sur-tout la belle enceinte d'arbres
dont j'avois environné l'autel. Eve y voyoit avec un ravissement inexprimable renaître les fleurs qu'elle y avoit appor-
tées des environs. J'essayerois en vain, mes enfans, de vous
dépeindre nos transports; qu'ils étoient vifs! Ils nous con-
duisirent au pied de l'autel; le Soleil éclairoit le saint lieu
de l'éclat le plus pur; là, chaque créature paroissoit consacrer
ses louanges au Seigneur; les fleurs d'alentour remplissoient
l'air des odeurs les plus suaves, et les arbres étendoient
l'ombrage de leurs branches fleuries jusques sur l'autel; les
insectes ailés qui se logent sous l'herbe, exprimoient leur
joie par de doux sifflemens, et les oiseaux chantoient sans
cesse du haut des arbres. Nous nous jettâmes à genoux;
des larmes de joie échappées de nos yeux, se confondirent
sur le gazon qu'elles mouillèrent avec la rosée du matin, et

notre ardente prière s'éleva vers le Maître de la Nature ; vers ce Dieu de grace et de bonté, qui fait tourner à notre avantage les effets même de sa juste vengeance. »

« Je commençai alors à cultiver un petit champ sur la colline, et répandre dans la terre féconde des graines conservées de l'automne précédent. J'enrichis même la colline de quelques nouveaux légumes ramassés au loin dans la contrée. Souvent la Nature, le hasard, ou la réflexion me firent découvrir des expédiens propres à faciliter mon travail. Mais souvent aussi j'ai fait des méprises, faute de connoître les tems et les lieux propres à la culture; souvent mon imagination est restée en défaut, lorsque j'attendois de sa perspicacité l'art de simplifier mes opérations. Elle ne m'eût été même jamais d'aucune ressource si les Anges tutelaires ne l'eussent éclairée. »

« Un jour de grand matin, comme je jettois la vue sur l'autel que j'avois construit, je vis la flamme du Seigneur qui brûloit dessus, à l'heure du crépuscule, et le Soleil levant doroit la colonne de fumée qui s'élevoit dans les airs. « Eve, (m'écriai-je) voici l'accomplissement de la promesse; voici la flamme du Seigneur descendue sur notre autel; allons-y sur le champ; ce jour est consacré au Seigneur; que tout autre travail cesse maintenant; vas cueillir les plus belles fleurs pour les répandre sur le Sacrifice, et moi je vais égorger le plus jeune de nos agneaux. » Je sortis en effet,

effet, et j'égorgai le plus beau des agneaux, la première
créature vivante que jaie mise à mort. O mes enfans, qu'il
m'en coûta pour le faire! Un frémissement me saisit, les
mains me tomboient sans force, et je n'aurois jamais pu m'y
résoudre si l'ordre exprès du Seigneur n'eût soutenu mon
courage. Je souffre encore par l'idée seule de l'innocent
animal cherchant à s'échapper, se débattant sous le couteau,
luttant pour sa vie, et annonçant les derniers instans de
son existence, par des mouvemens qui me glacèrent d'horreur, jusqu'à ce qu'enfin il restât immobile et sans vie.
A cette vue d'affreux pressentimens s'emparèrent de mon
ame: mais, sans m'y arrêter alors, j'étendis la victime sur
l'autel; Eve répandit dessus des fleurs odorantes, et nous
nous prosternâmes devant l'autel avec crainte et respect;
nos louanges et nos actions de graces montèrent vers le Seigneur qui vérifioit si solennellement ses saintes promesses;
un profond silence régnoit autour de nous, comme quand
la terre célèbre la présence de Dieu; et, dans ce calme
parfait, il nous sembloit entendre des hymnes immortels,
que les Anges dispersés autour de nous mêloient à nos prières.
Bientôt la flamme consuma la victime, ensuite elle s'éteignit
sur l'autel, et un parfum céleste remplit la contrée. »

« Peu de tems après le jour solemnel de la réconciliation,
j'allois, mes enfans, sur le déclin du Soleil, me reposer de
mon travail à côté de ma bien-aimée: je monte la colline;
et, l'ayant cherchée vainement dans la cabane et dans l'ombre

H

des berceaux, je la trouvai sans force, assise près de la
fontaine, et toi, mon premier né, couché sur son sein. Tandis
qu'elle vaquoit à ses travaux ordinaires, les douleurs de
l'enfantement l'avoient surprise près de la fontaine; elle
versa des larmes de joie sur toi, ensuite elle leva les yeux
vers moi en souriant. « Je te salue, (dit-elle) père des
hommes, le Seigneur m'a assisté dans mes douleurs, et j'ai
enfanté ce fils. Je lui ai donné le nom de Caïn, en le mettant
au monde... O toi, cher premier né, (dit-elle alors) le
Seigneur a regardé favorablement ici bas l'heure de ta naissance; que tous tes jours soient consacrés à ses louanges.
Ah! que celui qui naît de la femme est foible et incapable de
s'aider soi-même! Mais élève toi, comme une jeune fleur
s'élève dans le printems; que ta vie soit un doux parfum
devant le Seigneur. » Alors je te pris, ô mon premier-né,
dans mes bras: « Je te salue, (dis-je à Eve, avec des larmes
de joie) je te salue, mère des hommes, que le Seigneur qui
t'a assistée dans tes douleurs, soit loué. Je te salue, ô Caïn,
le premier des humains, qui coûtes des douleurs à ta mère:
qui le premier entres dans la vie pour aller au-devant de la
mort. O Dieu, (continuai-je) regarde favorablement du
haut du ciel ta foible créature, et verse ta douce bénédiction
sur l'aurore de sa vie. Qu'il me sera doux d'instruire sa jeune
ame des merveilles de ta grace! soir et matin je veux accou-
tumer ses jeunes lèvres à tes louanges. O mère des humains,
des races sans nombre fleuriront autour de toi. Ce myrthe
étoit comme toi solitaire, jusqu'à ce que de tendres rejettons

soient sortis de la tige maternelle ; et , à chaque fois que le
printems les a ornés d'une nouvelle parure , ses premiers
rejettons en ont produit d'autres : à présent ce myrthe unique,
forme un petit bocage aromatique qui s'étend fort loin. De
même, chère épouse (puisse cette perspective adoucir l'amertume de ta douleur présente !) de même nos enfans se
multiplieront autour de cette colline. Nous verrons de son
sommet leurs paisibles cabanes garnir la plaine. Nous les
verrons eux-mêmes , si la mort tarde assez pour nous le
permettre , nous les verrons comme les abeilles diligentes,
se prêter un secours mutuel, amasser autour d'eux les vivres,
les commodités et même les douceurs de la vie : souvent nous
descendrons de cette hauteur pour visiter nos petits-fils ;
et , sous leurs ombrages fertiles , nous leur raconterons les
merveilles du Seigneur ; nous les exhorterons à la vertu et
à la piété. Quand ils goûteront de la joie , nous la partage-
rons avec eux , et nous les consolerons dans la tristesse. Du
haut du coteau nous verrons alors mille autels domestiques
fumer à l'entour , et la fumée des holocaustes environnera
notre demeure de saints nuages, à travers lesquels perceront
nos prières ferventes pour la race humaine ; et , quand le
jour solemnel de la réconciliation sera revenu , quand la
flamme du ciel sera descendue sur le premier et le plus saint
des autels , alors ils s'assembleront sur la colline , et nous
avancerons au milieu d'eux pour sacrifier, tandis qu'ils seront
prosternés autour de nous dans un vaste cercle. » C'est ainsi,
Caïn, que je m'écriai dans un doux transport : et je baisai

H 2

tes joues avec la joie la plus tendre. Ensuite ta mère te reprit
dans ses foibles bras ; et , l'ayant aidée à se relever , je la
conduisis dans notre demeure. Bientôt la force et la vivacité
animèrent tes petits membres ; les ris et la gaieté pétilloient
dans tes yeux et sur tes joues. Déjà tu étois en état de sauter
parmi les fleurs avec tes pieds délicats ; déjà tes petites lèvres
commençoient à balbutier de jeunes pensées, lorsqu'Eve mit au
monde Méhala qui depuis, mon fils , est devenue ton épouse.
Plein de joie tu sautas autour de la nouvelle née; tu la baisas,
et tu la couvris de fleurs nouvellement cueillies. Eve ensuite
t'enfanta , ô Abel , et ne tarda pas après , à te mettre au
monde une compagne. O quelle joie ravissante nous trans-
porta ! lorsque nous vîmes vos jeux enfantins , vos plaisirs
innocens , et comme vos jeunes ames qui se développoient ,
essayoient leurs forces et parvenoient peu-à-peu à leur maturité. Alors nos soins attentifs s'employoient à cultiver vos
penchans , de manière que tournés tous au bien , ils répan-
dissent une agréable odeur de vertu , ainsi que de plusieurs
fleurs diverses , combinées avec art , se forme un bouquet
odoriférant; car, lorsque vous jouiez encore d'un air enfantin
sur mes genoux, je voyois déjà que l'homme, né dans le péché,
avoit autant besoin d'être cultivé , que la terre maudite à
cause du péché ; ce n'est que par les soins vigilans qu'on
peut faire germer les talens et les nobles inclinations. Mais
j'ai enfin le bonheur de vous voir parvenus au terme de
votre croissance ; ainsi que de jeunes arbrisseaux se trans-
forment avec le tems en grands arbres. Loué soit le Seigneur

qui a signalé si merveilleusement sur nous tous sa miséricorde et sa bonté. Par amour, par respect, par reconnoissance, soyez-lui fidèles en tout tems, et la grace et la bénédiction du ciel habiteront toujours dans vos demeures. »

Adam finit là son récit. Ainsi qu'un jeune époux à côté de sa bien-aimée écoute, au lever de l'aurore, le doux chant du rossignol ; tout se tait alentour ; les tendres accens qui semblent être l'écho de leurs propos amoureux, les pénètrent jusqu'au fond de l'ame : mais, le chant venant à cesser, ils écoutent encore long-tems vers les branches où l'oiseau chantoit : ainsi lors même qu'Adam eut cessé de parler, ses enfans lui prêtoient encore une oreille avide. Les différentes scènes de son récit les avoient émus diversement, et leur avoient arraché tantôt des larmes, tantôt des signes de joie ; ils rendirent tous graces au Père des hommes : Caïn lui rendit graces comme les autres, mais, plus ferme, seul il n'avoit ni pleuré ni souri.

CHANT TROISIEME.

Tous alors sortirent du berceau ; Abel embrassa tendrement son frère ; la lune éclairoit leurs pas , et chaque couple prit le chemin de sa cabane. Abel embrassa sa bien-aimée , en disant : « Quelle joie se répand dans mon ame ! Mon frère... Ah ! mon frère n'est plus courroucé contre moi ; il veut m'aimer ! Ah que les larmes qui ont mouillé aujourd'hui ses joues m'ont ravi ! Non , la rosée n'est pas plus agréable après les chaleurs brûlantes d'un Soleil ardent. La tempête furieuse de son ame s'est calmée ; le repos et la joie sont revenus habiter parmi nous. O ! toi qui as veillé avec une bonté infinie sur nos deux parens, lorsqu'ils ont commencé à habiter seuls la grande terre , ah! défends au tumulte de rentrer jamais dans son ame pour la troubler. »

Thirza embrassa son époux , et versa des larmes de joie en disant : « Ah! une douce pluie ne rafraîchit pas tant les prairies altérées ; le retour du printems , après les tristes frimats de l'hiver , n'a pas causé tant de joie aux Auteurs de nos jours , que m'en ont causé les larmes de mon frère , le retour de son amour. Heureux instans ! la fraîcheur et la sérénité ont rajeuni les traits de nos parens ; la félicité, les délices ont inondé leur ame. Heure fortunée ! la Nature m'en semble plus belle ; et toi, lune tranquille, ton flambeau m'en paroît plus brillant! » C'est ainsi que la joie s'exhaloit de leurs lèvres.

Caïn prit aussi le chemin de sa cabane, accompagné de Méhala son épouse; elle le regarda tendrement, et pressa ses mains de ses lèvres en lui disant: « Mon bien-aimé, quel sérieux glace tes regards? Le calme, de retour dans ton cœur, n'est-il pas capable de répandre de la sérénité dans tes yeux, et de dérider ton front? Je sais que ta gravité naturelle a toujours modéré en toi le sentiment du plaisir, ou l'a concentré dans ton cœur. Cependant, cher époux, quel contentement, quels transports animoient tes yeux, et se peignoient sur ton visage, lorsque tu embrassois ton frère fraternellement! Alors l'Eternel, du haut de son Trône, t'a béni, et les Anges qui nous environnent ont versé sur nous des pleurs de joie. Daigne le permettre, mon bien-aimé, daigne le permettre à mon tendre amour, à mon ravissement; laisse-moi te presser contre mon sein. » Elle dit, et le pressa tendrement contre son sein.

Caïn ne résista pas aux tendres empressemens de son épouse; mais il lui dit: « Votre joie excessive m'offense; oui, elle m'offense. Ne semble-t-il pas que vos transports veuillent dire: « Caïn s'est corrigé; auparavant c'étoit un homme vicieux, méchant, qui haïssoit son frère. » Eh! non: je n'étois ni vicieux, ni méchant. Quelle étrange idée! Quoi! je haïssois donc mon frère, parce que je ne le persécutois pas

pas toujours d'embrassemens et de larmes? Je n'ai jamais
haï mon frère, non jamais : j'ai seulement vu avec peine ces
caresses molles et efféminées, par lesquelles il m'enlevoit
l'affection d'Eve et d'Adam... et le moyen d'être insensible
à cela !... Mais au surplus, Méhala, ce n'est pas sans cause
que la gravité ride mon front. Quelle imprudence à notre
père de nous raconter l'histoire honteuse de sa chûte, et
tous les désastres dont elle est cause? Qu'avons-nous besoin
de savoir et d'entendre répéter si souvent que c'est par sa
faute et celle d'Eve que nous avons perdu un Paradis de
délices; que c'est par leur fait que nous sommes malheureux?
Si nous l'ignorions, notre misère en seroit plus supportable,
et nous aurions moins à déplorer la privation d'un bonheur
dont il ne nous resteroit pas d'idée. » Méhala étouffa dans
son cœur ces remontrances et ces plaintes; et, regardant
son époux pour lire dans ses yeux si elle pouvoit hasarder
de lui répondre, elle lui dit avec tendresse: « Laisse-moi,
je te conjure, mon bien-aimé; je ne saurois retenir ces
larmes qui m'échappent; laisse-moi t'implorer pour toi-
même. Tiens toujours éloignés de toi ces sombres nuages de
mélancolie que tu as eu la force de dissiper. Rends la sérénité
à ton ame, et ne vois pas toujours de la misère et de la calamité,
où tu ne devrois voir que la miséricorde et la grace divine.
Ne fais pas un reproche à ce père qui nous aime, à cette
tendre mère de nous raconter les merveilles que Dieu a
faites en faveur de l'Homme déchu ; ils veulent exciter dans
nos ames une vive reconnoissance et une ferme confiance.

I

Ils sont si sensibles sur tout ce qui peut nous être un sujet
de peine ou de souffrance, qu'il y auroit de la barbarie à
leur reprocher notre misère. Surmonte, mon bien-aimé, surmonte le chagrin qui veut s'introduire de nouveau dans ton
cœur, et obscurcir tes jours et les miens d'une sombre
tristesse. » Elle se tut, et le regarda tendrement, les yeux
mouillés de larmes: alors un souris affectueux tempéra son
sérieux : « Je le surmonterai (dit-il) le chagrin qui veut
prendre de l'empire sur moi; embrasse-moi, ma bien-aimée;
je ne veux plus qu'il obscurcisse tes jours ni les miens. » Il
dit et l'embrassa.

Déjà depuis long-tems un Génie, que l'enfer appelloit
Anamalech, observoit ses démarches et ses discours. Cet
Anamalech n'étoit à la vérité qu'un démon subalterne: mais,
en orgueil et en ambition, il ne le cédoit pas à Satan. Souvent
dans l'enfer il s'étoit dérobé à ses compagnons qu'il méprisoit,
pour rester dans la solitude. Là, parmi les ruisseaux infects
de soufre, qui traversoient ce terrein brûlé, et des rochers
énormes, qui cachoient leurs noirs sommets dans la nue
orageuse, il frémissoit de son indigne repos. L'affreuse ré-
verbération des flammes réfléchies de dessus les montagnes
contre les nues, jettoit une lueur obscure sur le sentier où
se portoient ses pas errans. Dans le tems que l'enfer, avec
un bruit tumultueux, célébroit le triomphe et les louanges
de son Roi qui, revenu du globe terrestre, racontoit orgueil-
leusement du haut de son trône comment il avoit séduit les

premiers humains, et forcé le Maître du Ciel à lancer contre eux des arrêts de mort et de malédiction, alors le noir venin de l'envie s'enfla dans le sein d'Anamalech. « La gloire et les honneurs (dit-il en lui-même) ne sont donc faits que pour lui et pour ceux qui entourent fastueusement son trône ? Et moi je roderai obscur dans les recoins ténébreux des enfers, parmi la vile populace des démons ! Non, je me sens capable d'actions dont l'enfer même sera étonné, et alors... je veux que Satan, oui Satan lui-même, ne prononce mon nom qu'avec respect. » Occupé de ces projets, il tramoit sourdement dans la solitude la désolation du Genre-humain, et rouloit dans son noir cerveau divers plans de ruine et de destruction. Ses odieux desseins ne réussirent que trop ; il ne parvint que trop à rendre son nom imposant aux puissances même infernales. Ce fut lui qui, dans la suite des tems, engagea un Roi pervers à massacrer des milliers d'enfans dans Béthléem ; il vit avec un souris amer des hommes cruels, des démons déployer une rage féroce contre ces innocentes créatures, les briser contre les murailles qui en restoient teintes, ou, le glaive tranchant dans les mains, les égorger et les démembrer dans les bras mêmes de leurs mères désespérées. L'infâme Anamalech planoit alors en souriant sur les toîts de la ville infortunée. Les cris de ces tendres victimes étoient à ses oreilles une mélodie agréable. Il se repaissoit avec une joie infernale des plaintes lugubres des mères inconsolables : il se plaisoit à voir ces cadavres enfantins tronqués, ouverts et défigurés par de larges blessures, rouler

I 2

sous les pieds chancelans de leurs meurtriers , et leurs pères
et mères , se traînant à terre , pousser des sanglots plaintifs
parmi le sang innocent.

« Je veux monter, (dit-il) je veux monter sur la terre : je
veux voir ce que c'est que cette menace faite à l'homme : « Tu
mourras; » j'en hâterai l'effet; je tuerai. » Puis il passa la porte
de l'enfer, et suivit le sentier que Satan avoit tracé à travers
l'ancienne nuit et l'empire tumultueux du cahos. Ainsi un bri-
gantin bien équipé vogue à pleines voiles sur la mer immense;
il aborde les côtes de l'Hespérie; il y surprend les tranquilles
habitans de quelque Bourg, dont il enlève la vive jeunesse;
alors les pères et les mères, les frères et les sœurs, l'épouse
inconsolable se lamentent sur le rivage, en poursuivant des
yeux des ravisseurs qui s'éloignent. Le Génie infernal vole
long-tems avec rapidité dans l'empire lugubre de la nuit,
jusqu'à ce qu'enfin il apperçoit dans le lointain une lueur
foible de crépuscule vers les frontières de l'Univers créé.
Comme un malfaiteur qui médite quelque meurtre nocturne,
marche pendant l'obscurité vers quelque Cité royale, qu'il
voit de loin éclairée de lumières innombrables, il s'y glisse
avec crainte, et évite la clarté; l'Esprit impur étoit saisi d'une
crainte pareille en traversant les sphères immenses qui
servent d'avenue au globe de la terre. Arrivé sur ce globe,
il ne fut pas long-tems à y trouver la demeure des hommes;
son regard perçant la lui découvrit aisément; ensuite il s'y
abattit du haut des airs parmi des bocages ombragés. « Voici

donc, (dit-il en y abordant) cette terre qui a été maudite!
J'ai vu, en planant, le Paradis gardé par l'épée flamboyante;
c'est un beau séjour, il ressemble aux campagnes du ciel; ils
l'ont perdu. Mais cette terre qui leur reste n'est pas un enfer.
Peut-être, par des supplications basses et plaintives, ont-ils
adouci la colère de leur Dieu: peut-être leur corps plus
grossier est-il exposé à des tourmens et à des douleurs qui ne
sauroient agir sur des esprits plus purs et sur des substances
éthérées; car ici je pourrois être heureux, si l'enfer ne me
suivoit pas en tout lieu. Mais je vois des Anges répandus
ici de place en place; tâchons d'échapper à leur attention,
de peur qu'ils ne traversent mes entreprises. Voici là bas
sur la colline cette famille de pécheurs: mais ils ne me
paroissent pas être malheureux; c'est peut-être que leurs
maux ne doivent commencer qu'avec la mort;... assurons-
nous-en par un exemple: peut-être pourra-t-on les engager
eux-mêmes à des forfaits;... car, à ce qu'il paroît, leur
cœur est ouvert à la séduction. Satan a bien réussi auprès
du chef de cette famille par un artifice assez commun, lorsqu'ils étoient encore parfaits: à présent qu'ils ne le sont
plus, et que la malédiction céleste les a dégradés, combien
sera-t-il plus aisé de renverser leurs principes moraux? Oui
je le prévois, nous les engagerons à des actions si noires,
que les Anges, saisis d'horreur, seront contraints de quitter
la terre, et que celui qui les créa, les exterminera de son
foudre, ou les précipitera dans l'abîme. Alors de nos rives
affreuses, goûtant la seule joie qui puisse nous toucher,

nous les verrons avec transport tomber et rouler dans les
vagues enflammées de l'enfer, ces dignes habitans de la terre.
J'en vois là un dans la campagne, qui porte un front farouche
et ridé : si j'en crois les traits de son visage, j'opérerai par
lui de grandes choses. Je vais le trouver et sonder ses pensées
et ses inclinations. » Il dit ; et, s'étant adroitement caché,
il rodoit parmi les hommes, ne songeant qu'au meurtre et
à la séduction.

Cependant il venoit de passer à côté de Caïn et de sa
compagne, et il avoit entendu ce qu'ils se disoient. A peine
furent-ils retirés dans leur cabane, qu'il s'arrêta, et redit
après eux, avec un souris moqueur : « Tiens toujours éloignés
de toi ces sombres nuages de mélancolie que tu as eu la force
de dissiper. Surmonte le chagrin qui veut rentrer dans ton
ame... et (quittant l'ironie pour laisser parler la rage). Non,
(dit-il) non, le bien ne germera jamais sur ton terrein
ingrat ; je saurai l'y détruire ; et ces nuages de la mélancolie,
qu'on a cru si bien dissipés, je les rassemblerai au-dessus
de ta tête, aussi épais et aussi sombres que ceux qui environnent de ténèbres éternelles les sommets des montagnes
infernales. Quoi de plus facile ? toi-même tu travailles à les
amasser ; je n'ai qu'à t'aider. Qu'il me sera doux de te secon-
der ! Oui, laisse-moi faire ; je veux les accumuler sur ton
front, afin que la désolation et la misère, maux encore in-
connus parmi les Mortels, commencent à s'y répandre ; et
qu'alors vos jours soient couverts d'une obscurité encore

plus noire que celle qui obsède perpétuellement l'enfer. »

L'aimable aurore commençoit à dorer l'horison, et inspiroit les chants et la gaieté : Caïn prit ses instrumens, pour
s'en retourner aux champs. Déjà Abel l'avoit salué tendrement, et vouloit conduire ses troupeaux sur les pâturages
couverts de rosées ; Méhala et Thirza, se tenant par la main,
alloient s'avancer vers le jardin au milieu duquel étoit placé
l'autel, lorsqu'Eve sortit de sa cabane avec des gestes de
désolation. Inquiètes et saisies toutes deux, elles s'approchèrent, et lui dirent avec émotion : « Ah, ma mère !....
vous pleurez, et pourquoi pleurez - vous » ? Eve redoubla
d'abord ses pleurs ; puis, tâchant de suspendre sa douleur,
elle les regarda tendrement, et leur dit ces paroles entre-
coupées de sanglots : « Hélas, mes enfans ! n'avez-vous pas
entendu les tristes gémissemens qui venoient de notre cabane ?
Des souffrances aiguës ont surpris cette nuit votre père. Le
voilà actuellement qui lutte contre un mal dont il est pénétré
jusqu'aux os : il s'efforce de le dissimuler, il voudroit retenir
tous les soupirs qui s'échappent de son cœur ; il voudroit
étouffer ses plaintes, et me consoler. Ah, mes enfans ! de
tristes frayeurs se sont emparées de mon ame, et mon cœur
déchiré se refuse à toute consolation. Lors même qu'il repose le plus tranquillement, il paroît abîmé dans les réflexions ;
un instant après, il gémit avec anxiété ; une sueur froide
baigne alors son front, et les larmes retenues s'échappent
comme un torrent de ses yeux. O pressentiment affreux ! tu

es appesanti sur mon ame comme une montagne énorme.
O mes enfans, soutenez-moi ; mon malheur m'accable ;
retournons dans la cabane. » Elle s'appuyoit en pleurant sur
l'épaule de Méhala ; et suivie du triste cortége de ses enfans
éplorés, elle s'en retourna vers la cabane.

Tous environnèrent tristement le lit du père ; il reposoit
plus tranquillement ; son visage et ses gestes annonçoient
que son ame, malgré les assauts de la souffrance et des douleurs, étoit toujours restée la maîtresse ; et accompagnant
d'un doux souris un regard tendre qu'il jetta sur ses enfans
affligés : « O mes bien-aimés ! (leur dit-il) la main du Seigneur
a répandu de la douleur sur ma poussière ; mes entrailles en
sont déchirées. Louanges soient à l'Eternel qui règle tout
sagement. Peut-être ordonne-t-il que ces douleurs servent
à détacher les liens qui attachent mon ame à mon corps.
S'il doit retourner à la terre d'où il est sorti, je m'y soumets ;
j'attendrai, en l'adorant, l'heure fatale, et je louerai le
Seigneur de la vie et de la mort, jusqu'à ce que ma poussière
disparoisse ; alors l'ame, délivrée du corps que la malédiction
accable, en louera plus dignement le Seigneur. Oui, mon
Dieu ! tu as conservé à l'ame cette noblesse de sentiment.
Il est bien juste que je sois le premier qui rende sa poussière
à la terre : mais, ô Dieu consolateur ! daigne me soutenir
de ton assistance, et fais-moi endurer les maux présens par
la ferme espérance d'un avenir plus heureux. Mais sur-
tout ne m'abandonne pas lorsque l'heure fatale de la mort
s'avancera sur ma tête, et que le dernier frémissement se

fera

fera sentir dans mes os ! Vous, Eve, que j'aime comme
moi-même, et vous, mes chers enfans, n'ajoutez pas à ma
douleur par vos plaintes et vos lamentations. Hélas ! comme
vous voilà ensevelis dans une tristesse sombre et profonde !
Mes bien-aimés.... cessez ces plaintes et ces lamentations
qui me font souffrir. Peut-être mes maux ne sont-ils que
les avant-coureurs de la mort qui s'approche de moi lentement : peut-être aussi le Seigneur les retirera-t-il de dessus
moi. Mais, quoi qu'il en soit, préparez vos ames à tout ;
accoutumez-vous d'avance à une résignation soumise et
ferme pour le moment où il plaira à Dieu de me dépouiller
du limon qui entoure mon ame, et de m'enlever du milieu
de vous. » Là les sanglots interrompirent son discours : il se
tut, regarda fixement et dans un profond silence chacun
des assistans : mais il arrêta sur-tout ses regards sur Eve,
dont la vue redoubla sa tristesse ; puis, reprenant son discours : « Hélas ! (dit-il) sans doute que la mort du premier
qui l'éprouvera, sera quelque chose d'affreux pour ceux qui
en seront les témoins : mais elle sera plus affreuse encore
pour qui en sera la victime. Veuille ce Dieu secourable,
qui ne nous a jamais abandonnés dans nos afflictions, me
secourir à cette heure terrible ! il le fera ; ses bontés passées
nous en sont des gages. Pour vous, mes enfans, (ajouta-
t-il en finissant) sortez, laissez-moi recueillir mon ame dans
le Seigneur ; priez-le pour moi avec ferveur : cette crise
effrayante va peut-être finir par un doux sommeil qui rendra
la vigueur à mes membres fatigués. »

K

Là le père des hommes se tut , et ses enfans éplorés
s'inclinèrent pour baiser sa main affoiblie. « Oui, mon père,
(s'écrièrent-ils) nous allons , prosternés devant le Seigneur,
le supplier qu'un doux repos vienne réparer tes forces épuisées
par la souffrance. Hélas! puisse notre prière être exaucée!
puisse le Seigneur avant ton réveil calmer les douleurs aiguës
qui te déchirent. » Et, le cœur plein d'amertume, ils sortirent
de la cabane : Eve seule y resta. « Je voudrois sommeiller, »
dit Adam en lui adressant la parole ; mais , la voyant baignée
de larmes : « Eh quoi tu pleures , chère épouse (ajouta-t-il):
crains que ton attendrissement , augmentant ma peine , ne
chasse le repos loin de moi. » Ensuite il enveloppa son visage
dans des peaux pour cacher à sa compagne le chagrin qui
dévoroit son ame inquiète. « L'est-ce (se demandoit-il à
lui-même) cette heure pleine d'effroi? Je le crois, ah grand
Dieu, qu'elle me paroît terrible ! Seigneur, n'abandonne
pas un malheureux pécheur expirant. Cependant quelqu'affreuse qu'elle me paroisse, ce seroit une consolation bien
douce pour moi , si mon triste sort pouvoit acquitter les
miens: si par ma mort j'exemptois tous mes descendans d'un
sort pareil à celui-ci. Mais non , ils me suivront: les mêmes
horreurs , le même voile de ténèbres s'étendront sur tous
ceux qui seront enfantés par la femme : car d'un tronc em-
poisonné par le péché , que peut-il naître autre chose que
des pécheurs, et des pécheurs sujets à la mort? J'ai tué toute
ma postérité. Tous tant que nous sommes , nous finirons
par être arrachés d'entre les bras de ceux qui nous chérissent,

de ceux qui nous adoucissent cette vie, par mille délices.
O Eve, ô épouse tendrement aimée, que de larmes tu ver-
seras sur ma cendre ! Ah triste et effroyable perspective!
Mais ma poussière inanimée ne frémira-t-elle pas, lorsque
de jeunes orphelins, demeurés sans appui, pleureront la
perte de leurs parens enlevés au milieu de leur course, ou
que des pères et mères décrépîts se verront arracher par
une mort précoce les soutiens de leur vieillesse ; lorsque
des frères arroseront de leurs larmes le tombeau de leurs
sœurs ; l'épouse celui de son époux, et l'amante celui
de son amant ? Faites graces alors à ma mémoire, ô
mes enfans ! ne maudissez pas ma tranquille poussière.
Il est bien juste que les approches de la mort soient accom-
pagnés de frémissemens et d'horreur ; il est bien juste que
nous sentions tout le poids de la malédiction à la dernière
heure qui nous arrachera de cette vie de péché. C'est la
mort qui ôte à l'ame cette enveloppe de limon qui l'entoure pour la tirer de son état de malédiction, et la rendre
heureuse : si, malgré le peu de pouvoir qui lui reste pour le
bien, elle a lutté contre ses vices, et si elle a tâché de s'élever
à la vertu. Ainsi, mes enfans, il ne faudra pas que vous
maudissiez ma cendre. Notre séjour sur la terre n'est pas
proprement une vie, ce n'en est que l'aurore. Ecroulez-vous,
montagnes accablantes qui pesez sur moi. C'est en mourant
que je retournerai à la vie ; j'en attends l'instant, comme
un tendre père qui, s'étant éveillé le premier, pendant un
matin délicieux du printems, attend au lever du Soleil que

ses chers enfans se réveillent et viennent goûter ses embrassemens. » Telles étoient les pensées d'Adam livré à lui-même,
lorsqu'un doux sommeil vint s'emparer de ses sens, et lui
rendit le calme et le repos.

Pendant ce tems-là, Eve, assise à ses côtés, pleuroit amèrement, et disoit à voix basse, pour ne pas troubler le sommeil
de son époux : « Que de maux j'éprouve! O malédiction!
suite du péché, appesantis sur moi seule ton fardeau. Double
sur moi les maux que tu répands. Tout ce que vous souffrez
de douleurs et de maux, ô vous tous, vient de moi seule;
c'est moi qui ai péché la première : hélas! les maux que vous
supportez sont autant de vers rongeurs qui me dévorent. Cher
époux, si tu mourois! (Ah je frémis de cette idée! un fris-
sonnement général, une sueur froide me saisissent : les
horreurs de la mort peuvent-elles être plus effroyables?)
si tu allois mourir par ma faute, ô Adam! si c'étoient actuellement les angoisses de la mort qui t'environnassent; ah! ne
me regarde pas avec mépris ou avec colère; et vous, mes
enfans, ne maudissez pas votre mère : je ne suis que trop
à plaindre. Il est vrai qu'aucun reproche n'est encore échappé
de vos lèvres : mais hélas! chacun de vos soupirs, chacune
de vos larmes n'est-elle pas un reproche douloureux? O
Dieu tout-puissant! prête l'oreille à mes prières plaintives;
ôte-lui ses souffrances; ou si ce sont les avant-coureurs de
la mort, si son corps doit retourner à la terre; affreuse idée!
pour lors ne me sépare pas de lui : laisse-moi mourir avec

lui, à ses côtés; retire mon ame la première, pour que je ne voie point sa mort; j'ai péché la première. » Eve se tut, et, toute inconsolable, elle pleuroit à côté d'Adam assoupi.

Caïn étoit sorti dans les champs; les larmes de ses joues avoient eu le tems de sécher: « Je ne pouvois, (disoit-il en s'en allant) je ne pouvois m'empêcher de pleurer auprès du lit de mon père; ses gémissemens et ses discours avoient pénétré mon ame. Cependant... il ne mourra pas; je l'espère. O Dieu! fais qu'il ne meure pas, ce bon père que j'aime. Oui, je ne pouvois m'empêcher de pleurer: mais pour pleurer comme mon frère, il faudroit que je fusse plus efféminé que je ne le suis. Dira-t-on encore que je suis d'une humeur farouche? Ou ne dira-t-on pas au moins qu'Abel aime plus son père que moi, parce que je n'ai pas sanglotté comme lui? J'aime mon père; je l'aime autant que fait Abel; mais je ne puis pas commander à mes larmes de couler. »

Abel, de son côté, accablé de douleur, alloit à ses paturages; les larmes couloient encore de ses yeux, lorsqu'il se jetta à terre; et, baissant son front jusques sur l'herbe qu'il humectoit de ses pleurs, il adressa cette prière au Seigneur:

« Je te loue dans la plus profonde humilité, ô toi qui règles le destin des Mortels avec une sagesse et une bonté infinies. J'ose dans nos tribulations élever mes prières jusqu'à

toi; car tu as permis au pécheur de t'implorer; tu nous a
permis cette douce consolation dans nos maux. Je ne dois
pas sans doute espérer que tu réformes les voies de ta sagesse,
pour écouter les vœux d'un vermisseau plaintif. Tes voies
sont sages et bonnes, ô mon Dieu! je ne te demande abso-
lument que la force de souffrir, et de la consolation dans
nos peines. Mais si nos vœux ne sont pas en contrariété
avec les voies de ta sagesse, rends-nous notre père commun;
rends à notre mère son époux qu'elle te demande; rends-lui
celui qui partageoit son bonheur et sa misère, et dont le
sort étoit si étroitement lié au sien, que la vie de l'un est
celle de l'autre. Rends à des enfans inconsolables un père
chéri, remets l'heure de sa mort à des jours éloignés. Commande par un simple signe, et les maux les plus affreux
disparoîtront aussi-tôt; la joie, le ravissement et les actions
de graces s'élèveront vers ton trône, de l'humble cabane des
Mortels. Permets que celui qui nous a donné la vie reste
encore long-tems avec nous; qu'il annonce encore parmi
nous tes bontés infinies, et qu'il dicte tes louanges à nos
fils et à nos filles, dès l'âge où ils articuleront à peine. Que
si les décrets de ta sagesse ordonnent qu'il meure, ne t'offense
pas, ô mon Dieu, de ma douleur et de mon frémissement!... mais si ta sagesse a résolu qu'il meure, pardonne
à ma douleur le désordre de mes paroles, et souffrir une
mes entrailles soient émues; s'il doit mourir, prête-lui ton
assistance à l'heure terrible où sa poussière se dissoudra.
Pardonne alors nos cris et nos lamentations, permets à notre

douleur d'éclater, ou modère-la par tes consolations divines, afin que nous ne succombions pas au désespoir, et que nous louïons ta sagesse dans l'abîme même de la misère. »

Telle avoit été la prière d'Abel, prosterné à terre avec une profonde humilité ; il entendit du bruit, et des odeurs suaves répandues dans la contrée, portèrent leurs parfums jusqu'à lui ; il tourna la tête, et il apperçut près de soi un Ange-Gardien, tout rayonnant de beautés ; des roses couronnoient son front serein ; son souris étoit gracieux comme l'aurore, et il dit d'une voix douce comme l'haleine du Zéphir : « Ami, le Seigneur a entendu favorablement ta prière ; il m'a commandé de m'envelopper d'un corps opaque, et de t'apporter dans tes maux la consolation et le secours. La sagesse éternelle qui veille sans cesse au bien-être de chaque créature, et qui a soin de l'insecte rampant, comme de l'Archange brillant de lumière, a bien voulu ordonner à la terre de produire dans son sein des remèdes salutaires pour le service de ses habitans, dont le corps est ouvert aux douleurs et à toutes les influences malfaisantes que la Nature, depuis la malédiction, a exhalées autour d'eux, comme autant de degrés pour les conduire à la corruption qui les attend. Ami, prends ces fleurs et ces plantes ; ce sont des spécifiques propres à rétablir la santé de ton père ; faisles bouillir dans de l'eau de fontaine ; qu'il en boive, et il sera guéri. »

L'Ange lui donna les fleurs et les plantes, et disparut.

Frappé d'un étonnement inexprimable , Abel étoit resté immobile. « O Dieu , (s'écria-t-il) qui suis-je , pour que tu exauces aussi favorablement les gémissemens d'un pécheur qui n'est que cendre et poussière ? Comment le Mortel peut-il te rendre de suffisantes actions de graces! Comment peut-il exalter dignement ta bonté ? Non , le Mortel ne le peut pas , Seigneur ; les Anges mêmes par leurs hymnes ne le pourroient pas. » Soudain il court à sa cabane ; la joie lui prête des ailes , et il prépare avec une impatience avide la boisson salutaire. Ensuite il vole à la cabane du père , où Eve étoit assise auprès de son lit , baignée de larmes , où Thirza et Méhala se tenoient tristement debout à ses côtés. Elles virent avec surprise son empressement , la joie peinte dans ses yeux , et le souris sur ses lèvres. « O mes bien-aimées, (dit-il) essuyez vos larmes : le Seigneur a exaucé notre prière : il nous a secouru : car un Ange m'est apparu comme je priois dans le jardin ; il m'a donné des simples cueillies de sa main céleste : « Fais-les bouillir (m'a-t-il dit) dans de l'eau claire , et rends à ton père la santé. » Elles écoutèrent ce récit avec étonnement , et témoignèrent leur reconnoissance par des louanges et des actions de graces. Le père avoit pris la boisson odorante ; et , déjà en éprouvant l'effet , il se leva sur son séant , et rendit graces au Seigneur avec une ardente piété ; ensuite prenant la main du fils , il la pressa tendrement contre ses joues , et la mouilla de ses larmes , en disant : « O mon fils , mon cher fils ! sois béni , toi par qui le Seigneur m'envoye du secours ; toi dont la vertu plaît au Seigneur ;

toi

toi dont il exauce les prières ; sois béni encore une fois, mon fils bien-aimé. » Eve et ses filles s'approchèrent aussi, et embrassèrent celui par qui le Seigneur avoit envoyé son secours.

A cet instant même, Caïn revint des champs. « Des soucis inquiets me tourmentent, (avoit-il dit) je vais monter à la cabane de mon père ; peut-être a-t-on besoin de mon secours ; peut-être qu'il meurt, hélas ! et que je serai assez malheureux pour ne pas recevoir la dernière bénédiction de ses lèvres. » Et, dans cette pensée, il étoit revenu des champs. Il vit avec surprise en arrivant régner la joie et les tendres embrasse- mens ; il entendit comme le père bénissoit le fils. Méhala, si-tôt qu'elle l'eut apperçu, courut à lui, l'embrassa, et lui raconta comment le Seigneur avoit envoyé du secours par Abel. Caïn s'approche du lit du père, lui baise la main en disant : « Je vous salue, ô mon père ; loué soit le Seigneur qui vous rend à nos larmes. Mais, ô mon père ! n'avez- vous point de bénédiction pour moi ? Vous avez béni celui par qui le Seigneur vous a envoyé du secours ; bénissez - moi, mon père, je suis votre premier - né. » Adam le regarda tendrement ; et, lui serrant la main dans la sienne : « Je te donne ma bénédiction, (lui dit - il) ô Caïn : sois béni de Dieu, ô mon premier - né. Que la grace du Seigneur soit toujours sur toi : que ton cœur jouisse d'une paix tranquille, et ton ame d'un repos inaltérable. » Ensuite Caïn se tourna vers son frère, et l'embrassa, (comment eût-il pû ne le pas faire ? tous les autres l'avoient fait.) Puis il sortit de la

L

cabane ; mais ce fut pour aller se confiner dans l'enfonce-
ment d'un bocage obscur, où accablé de mélancolie, il s'écria :
« Une paix tranquille ! . . . . un repos inaltérable dans l'ame !
Eh comment aurois-je cette paix, ce repos ? . . . . N'a-t-il
pas fallu que je demandasse la bénédiction qui couloit volon-
tairement de ses lèvres , lorsqu'il s'est agi de bénir mon frère ?
On me laisse mon rang de premier-né ; grand avantage !
Malheureux que je suis ! Je n'ai de supériorité qu'en fait de
misère et d'indifférence. C'est par lui que le Seigneur a envoyé du secours à notre premier père. Tout ce qui peut le
faire aimer plus que moi lui arrive. Comment auroient-ils
de la considération pour moi qui suis le rebut du Seigneur
et de ses Anges ? Ils ne m'apparoissent pas à moi , ils passent
avec dédain sans m'honorer de leur attention , tandis que
je m'épuise à travailler aux champs, et que la sueur coule
sur mon visage basané; ils passent, et c'est pour aller le
trouver, lui dont les mains délicates se jouent dans les fleurs,
lui qui se tient oisif près de son troupeau , lui qui verse
quelques larmes qu'il a de trop , à l'occasion de ce que le
Soleil couchant colore de pourpre les nuages , ou que la
rosée éclate sur l'émail des fleurs. Malheur à moi d'être le
premier-né, puisque cet état ne m'assure qu'un poids plus
accablant de malédiction ! Toute la Nature lui sourit ; je suis
le seul à manger un pain de douleur à la sueur de mon visage;
je suis en tout le seul malheureux. » C'est en roulant dans
son cerveau mélancolique ces noires pensées de haine et
d'envie , qu'il erroit dans le fond de ce bocage.

Le Soleil se retiroit derrière les monts d'azur, et teignoit,
en descendant sous l'horison , les nuées en couleur de feu ;
lorsqu'Adam de son côté parla ainsi : « Le Soleil se retire
derrière les monts ; je veux aller devant la cabane avant que
le jour finisse, louer le Seigneur qui m'a secouru. » Et il
sortit de son lit plein de force et de vigueur. Eve et ses filles
l'accompagnoient. Le Soleil du soir répandoit sur ces régions
une lumière douce. Adam se jette à genoux ; et , parcourant
avec des yeux transportés la contrée ainsi éclairée : « Me
voici , (dit-il à Dieu avec une fervente effusion de cœur)
me voici , mon souverain Maître , prosterné devant votre
face , pénétré de votre bonté infinie. Douleurs aiguës,
qu'êtes-vous devenues? Vous aviez atteint jusqu'à mes os ;
vous brûliez mes viscères comme un feu : mais au milieu
de mes souffrances , mon ame s'est élevée au ciel ; elle
a mis sa confiance dans le Seigneur ; le Seigneur m'a
regardé du haut du ciel, et a exaucé nos prières ; aussi-tôt
les douleurs ont cessé de me déchirer ; la force et la gaieté
sont venues ranimer mes membres ; la mort n'avoit pas encore
de droit sur ma cendre ; je devois encore te louer dans ce corps
mortel , et donner en ma personne de nouvelles preuves
à l'Univers de ta clémence et de tes miséricordes sur l'homme
pécheur. Je te louerai , ô Dieu infiniment bon , depuis le
crépuscule du matin jusqu'à celui du soir. Tant que mon
ame sera entourée de son enveloppe terrestre , elle bégayera
tes louanges et sa reconnoissance ; mais , dès qu'elle en sera
dégagée , s'élevant alors triomphante à une nature plus

L 2

noble, elle te verra face-à-face dans tout l'éclat de ta magnificence. O vous, Anges brillans de lumière, jettez les yeux
sur cette demeure de pécheurs, ce séjour de la Mort. Cette
terre dont les fondemens s'ébranlèrent, d'où le printems
disparut, dès que le péché l'eût souillée, dès que Dieu eût
détourné ses regards de dessus nous ; cette terre est le théâtre
des merveilles de sa bonté infinie ; soyez-en les témoins, et
dans une sainte ivresse louez-en l'Auteur plus dignement
que nous ne pouvons faire. L'Homme, hélas! ne peut qu'es-
quisser, que balbutier son ravissement! Je te salue, aimable
Soleil; je te salue avant ton coucher. Lorsque tes rayons
du matin commençoient à briller derrière les cèdres, je
gémissois accablé par la douleur ; lorsqu'ils éclairèrent ma
cabane, je te saluai par des soupirs; lorsque, le soir, tes rayons
brillent derrière les montagnes, prosterné à genoux, je rends
graces au Seigneur qui m'a déjà secouru, qui a dissipé mes
douleurs. Je vous salue, montagnes élevées, et vous, collines
répandues dans les plaines ; mon œil vous verra encore,
quand vous réfléchirez les rayons vermeils de l'un et l'autre
crépuscules : je vous salue, oiseaux qui chantez les louanges
de l'Eternel ; votre chant récréera encore mon oreille ; il
me réveillera dès le matin pour chanter les hymnes au Seigneur. Vous, fontaines murmurantes, mes membres se
reposeront encore sur vos bords émaillés de fleurs, où le bruit
de vos douces ondes fait naître un sommeil bienfaisant. Et
vous, bocages, buissons, berceaux, je me promenerai encore
sous vos ombrages : vous verserez encore votre agréable

fraîcheur sur ma tête, lorsqu'enseveli dans de profondes méditations, j'errerai dans vos charmans labyrinthes. Je te salue, ô Nature entière; mais j'adore uniquement ton modérateur tout-puissant, qui a soutenu mon vil limon prêt à s'écouler. »

C'est ainsi que le père des Humains louoit le Seigneur; la Nature paroissoit attentive à sa prière, et les créatures sembloient le féliciter sur son retour à la vie. Le Soleil, ne donnant plus qu'une lumière adoucie, dardoit encore ses derniers rayons à travers les feuillages, prêt à aller se cacher derrière les montagnes; les fleurs distribuoient leurs parfums sur les jeunes zéphirs, comme pour les charger de les exhaler sur lui: et les oiseaux, comme à l'envi, lui donnoient l'agréable amusement de leur doux gazouillement et de leurs folâtres badinages. Caïn et Abel arrivèrent sous le feuillage, et virent avec une joie délicieuse leur père rendu à leurs vœux. Sa prière finissoit: il se leva, et embrassa sa femme et ses enfans; des larmes de joie couloient de ses yeux; après quoi il s'en retourna dans sa cabane. Cependant Abel dit à Caïn: « Mon cher frère, quelles actions de graces rendrons-nous au Seigneur de ce qu'il a exaucé nos gémissemens, et de ce qu'il nous rend notre précieux père? Je vais, pour moi, à cette heure où la lune se lève, m'acheminer vers mon autel, pour y offrir au Seigneur en sacrifice le plus jeune de mes agneaux. Et toi, mon cher frère, es-tu dans la même idée? Voudrois-tu aussi sur ton autel faire un sacrifice au Seigneur? »

Caïn, le regardant d'un œil chagrin : « Oui , (dit-il) je vais aller aussi à mon autel, offrir en sacrifice au Seigneur, ce que la pauvreté des champs me donne. » Abel lui répondit gracieusement : « Mon frère, le Seigneur ne compte pour rien l'agneau qui brûle devant lui , ni les fruits de la campagne, que la flamme consume, pourvu qu'une piété sans tache brûle dans le cœur de celui qui donne l'un ou l'autre. »

Caïn repartit : « Il est vrai le feu tombera tout d'abord du ciel pour consumer ton holocauste ; car c'est par toi que le Seigneur a envoyé du secours : pour moi il m'a dédaigné ; mais je n'en irai pas moins lui offrir mon sacrifice. Je suis aussi pénétré que toi de reconnoissance : notre père rendu à nos vœux m'est précieux comme à toi ; qu'au surplus le Seigneur agisse avec moi , misérable vermisseau, selon son bon plaisir. »

Abel alors se jetta tendrement au col de son frère , en disant : « Ah ! mon frère, mon cher frère , est-ce que tu te fais un nouveau sujet de chagrin de ce que le Seigneur s'est servi de moi pour porter du secours à mon père ? S'il s'est servi de moi, c'est une commission dont il m'a chargé pour nous tous. O mon frère ! écarte, je t'en supplie, ces fâcheuses idées ; le Seigneur qui lit dans nos ames sait bien y découvrir les pensées injustes et les murmures sourds. Aime-moi comme je t'aime. Vas offrir ton sacrifice : mais ne permets pas que des dispositions impures en souillent la sainteté ; et compte qu'alors le Seigneur recevra favorablement tes louanges et tes actions de graces, et qu'il te bénira du haut de son trône. »

Caïn ne répondit point ; il prit le chemin de ses champs ; et Abel, le regardant avec tristesse, prit celui de ses paturages, chacun s'avançant vers son autel. Abel égorgea le plus jeune de ses agneaux, l'étendit sur l'autel, le parsema de branches aromatiques et de fleurs, et mit le feu à l'holocauste ; puis, échauffé d'une piété fervente, il se mit à genoux devant l'autel, fit à Dieu ses actions de graces, se répandant en louanges les plus vives et les plus affectueuses. Cependant la flamme du sacrifice s'élevoit en ondoyant à travers les ombres de la nuit : le Seigneur avoit défendu aux vents de souffler, parce que le sacrifice lui étoit agréable.

De son côté Caïn mit des fruits de ses champs sur son autel, alluma son sacrifice et se prosterna devant son autel ; aussi-tôt les buissons s'agitèrent avec un bruit épouvantable ; un tourbillon dissipa en mugissant le sacrifice, couvrit le malheureux de flammes et de fumée. Il recule de l'autel en tremblant, et une voix terrible, qui sortit de l'obscurité effroyable de la nuit, lui dit : « Pourquoi trembles-tu, et pourquoi la terreur est-elle peinte sur ton visage ? Il en est encore tems ; corrige-toi ; je te pardonnerai ton péché, si-non ton péché et son châtiment te poursuivront jusques dans ta cabane. Pourquoi hais-tu ton frère ? il t'aime, te complait et t'honore ! » La voix se tut ; et Caïn, saisi de frayeur,

quitta ce lieu affreux pour lui, et s'en retourna à travers la
nuit; le vent furieux chassoit encore après lui la fumée infecte
du sacrifice; son cœur frissonnoit, et une sueur froide coula
de ses membres. Cependant, en promenant ses regards, il
vit dans la campagne les flammes du sacrifice de son frère, qui
s'élevoient en tournoyant dans les airs. Désespéré par cette
vue, il tourna ses regards ailleurs et dit en grinçant des dents :
« Le voilà le favori qui offre son sacrifice. Fuyez, mes yeux,
ce spectacle outrageant : si j'en étois plus long-tems le témoin,
toute la rage des enfers entreroit en mon cœur ; non, je ne
pourrois pas m'abstenir de maudire d'une voix tremblante cet
objet de prédilection : mais tournons notre fureur sur nous-
mêmes. Venez, ô mort, ô destruction, venez finir les maux
d'un infortuné. Ah! mon père, faut-il que tu ayes péché! Je
devrois peut-être me présenter à tes yeux avec ce pâle
désespoir peint sur mon visage, afin que tu voyes le comble
de ma misère, afin que tu pressentes tous les malheurs de
tes descendans. Non, soyons malheureux seul, et ne nous
vengeons pas sur un père, en lui présentant cet affreux
tableau. Une horreur mortelle le saisiroit ; il en expireroit
en ma présence, et j'en serois bien plus malheureux. La
colère du Seigneur s'est appesantie sur moi ; il m'a maudit ;
il me dédaigne ; je suis la plus malheureuse créature qui
habite cette terre. Les animaux de la campagne, les insectes
rampans, sont pour moi dignes d'envie. O Dieu miséricordieux! si tu pouvois étendre ton indulgence sur moi!
Laisse fléchir ta colère, ou me replonge dans le néant....,

Mais,

Mais, que dis-je, cœur endurci que je suis ! « Si tu te corriges, (m'a-t-il été dit) je te pardonnerai ton péché. » Choisis le pardon ou la misère, misère éternelle, misère inexprimable! oui, j'ai péché, oui, mes iniquités s'élèvent au-dessus de ma tête, et te crient vengeance, ô Dieu juste! que ta vengeance est juste aussi! Plus on s'éloigne des voies de la perfection et de la sagesse, plus on devient malheureux. Il faut bien que je sois coupable, puisque je suis malheureux. Je les quitterai ces voies perverses. Détourne tes yeux, ô mon Dieu, de dessus mes iniquités passées. Préserve-moi d'en commettre de nouvelles. Prends pitié de moi, ô mon Dieu! ou.... anéantis-moi.

M

CHANT QUATRIEME.

L'AIR étoit encore humide de la rosée de la nuit ; les oiseaux assoupis gardoient le silence , et le Soleil levant n'avoit pas encore doré les sommets des montagnes et les brouillards errans du matin. Caïn sortoit de sa cabane, traînant sa noire mélancolie au-devant du crépuscule. Méhala , sans savoir qu'il l'entendoit , avoit pleuré sur lui , et son occupation pendant la nuit entière avoit été de lever les mains au ciel en priant et gémissant. Pour lui , errant avant l'aurore , sa voix murmurante résonnoit dans le calme profond des campagnes , comme un tonnerre éloigné. « O nuit odieuse , (disoit-il) quels noirs nuages rodoient autour de moi ! Quel effroi ! quelle terreur ! Cependant mon imagination alloit se calmer ; mes visions affreuses alloient disparoître , lorsque ses sanglots et ses lamentations m'ont éveillé. Hélas ! le sommeil ne me quitte que pour me prolonger dans la désolation. Ne puis-je donc jamais jouir d'une heure de repos ? Qu'avoit-elle à pleurer sur moi ! Elle ne sait pas encore que mon sacrifice a été rejetté. Ces pleurs m'accablent ; je ne puis tenir à ces gémissemens, à ces cris ; ils m'ont ravi d'avance le repos du jour qui va luire. Un souris d'approbation accompagne tout ce que fait mon frère. Il n'y a que moi que la tristesse poursuit en tous lieux. Je t'aime, Méhala ; je t'aime plus que moi-même : pourquoi faut-il que ce soit toi qui remplisses d'amertume le peu d'heures destinées à mon repos ! »

Il s'arrêta sous un buisson qui par le pied tenoit à un roc. « Oh doux sommeil , (dit-il) rends-moi ici ta faveur bienfaisante. Malheureux que je suis, fatigué jusqu'à l'épuisement, je t'attendois dans ma cabane ; et à peine avois-tu déployé tes douces aîles sur moi, qu'une voix lamentable m'a réveillé. Ici sans doute personne ne troublera mon repos, à moins que les êtres même inanimés ne me poursuivent jusques dans les retraites les plus écartées. O terre qui depuis ta malédiction trop sévère exiges des travaux si rudes !... travaux encore qui ne prolongent ma vie que pour me rendre plus long-tems malheureux... en ce moment au moins , laisse-moi , par quelques instans de repos, réparer ma lassitude extrême, je n'attends pas d'autre bonheur , et n'en connois pas de plus grand. » Il dit , et se coucha sur l'herbe parfumée, où bientôt le sommeil déploya sur lui ses sombres aîles.

Anamalech avoit suivi ses pas en secret , et se trouvoit à côté de lui. « Un profond sommeil s'est emparé de ses yeux , (dit-il) je vais me coucher à son côté, et, pour arriver à mon but , je troublerai son ame par des objets fantastiques. Venez , songes légers : secondez - moi : rassemblez toutes les images qui pourront faire naître en lui la fureur et l'égarement , l'envie à la dent corrosive, la colère emportée, et toutes les passions tumultueuses. » Ainsi dit l'esprit impur, et se blottit auprès de Caïn. Tandis qu'il s'y arrangeoit, un bruit épouvantable se fit entendre sur la cime des montagnes : un vent mugissant agitoit les buissons, et rabattoit les boucles des cheveux de Caïn le long de son front et de ses joues. Mais en vain les buissons mugirent; en vain les boucles de ses cheveux battirent son front et ses joues : le sommeil s'étoit appesanti sur ses yeux; rien ne put les lui faire rouvrir.

Il vit en songe une vaste campagne parsemée de pauvres chaumières. Il vit ses fils et ses petits-fils dispersés dans la plaine, où ils s'exposoient résolument au Soleil du midi, qui dardoit ses rayons brûlans sur leurs cous hâlés; assidus à leurs durs travaux, tantôt ils recueilloient les fruits nécessaires à leur subsistance; tantôt ils préparoient la terre à recevoir de nouvelles semences; ou, courbés dans les sillons, ils s'ensanglantoient les mains à extirper les ronces épineuses qui étouffoient leurs grains naissans, et en interceptoient la nutrition; tandis que leurs femmes, plus résidentes dans les cabanes, préparoient de sobres repas pour le moment de leur retour. Il vit Eliel, son fils aîné, (car il voyoit distinctement dans ce songe) il vit Eliel soulever de terre, en gémissant, un pesant fardeau, et le charger sur ses épaules; la sueur couloit sur son visage rembruni, et la tristesse étoit peinte dans ses yeux. « Que cette vie est malheureuse! (disoit-il, accablé par le faix) qu'elle est remplie de peines et d'incommodités! que la malédiction est rudement appesantie sur le fils de Caïn!

Celui qui créa cette terre les a-t-il tous bannis de ses yeux
après la malédiction? Ou la malédiction n'a-t-elle su frapper
que les enfans du premier-né? Là-bas dans les campagnes
habitées par les fils d'Abel, d'où ses durs parens nous ont
exclus, ne nous laissant de libre que ces déserts arides, là-bas
où ils reposent voluptueusement à l'ombre des bocages, la
Nature semble avoir consacré toutes ses productions à leur
molle paresse; toutes les consolations, les adoucissemens,
les plaisirs, s'il en est sur la terre, sont réservés pour ces
voluptueux; notre partage à nous est l'indigence et le travail.» A ces mots Eliel, toujours chargé de son fardeau, se
traîne vers la cabane. Caïn vit ensuite plus loin une plaine
émaillée de fleurs, que traversoient en serpentant des ruisseaux d'eau vive; dans leur course vagabonde ils s'avançoient
jusques sous les ceintres des berceaux, sous l'ombrage des
bosquets touffus, et le long des routes bordées d'arbres;
leur onde réfléchissoit les couleurs éclatantes des divers
fruits; et, après avoir erré long-tems à travers des gazons
fleuris, ils finissoient par aller se confondre avec des étangs
tranquilles et ombragés. Ici, dans un bois de citroniers, folâ-
troient des zéphirs rafraîchissans; plus loin un bocage de
figuiers déployoit son vaste ombrage sur les tendres fleurs.
Ce séjour réunissoit dans la réalité tous les agrémens dont
il a plû à la Fable de décorer la belle vallée de Tempé, et
l'agréable région de Gnide, où s'élevoit en l'honneur de
Vénus un Temple magnifique sur de brillantes colonnes.
Caïn vit dans son rêve des troupeaux blancs comme la neige

errer dans l'herbe haute, et brouter les fleurs odorantes,
pendant que le berger délicat, couronné de fleurs, frédonnoit
une chanson tendre auprès de sa douce amie, couchée négli-
gemment à l'ombre. Là de jeunes garçons, beaux comme
les Amours, et de jeunes filles, belles comme les Grâces,
s'assembloient sous la voûte d'un treillage garni de chevre-
feuille et de myrte. Alors de doux breuvages pétilloient dans
des coupes d'or, et des fruits délicieux brilloient sur des
tables couvertes de fleurs, tandis que des chants agréables
et des instrumens harmonieux retentissoient à l'entour. Il
lui sembla qu'un jeune-homme se levoit au milieu de l'as-
semblée. « Que tout vous prospère, mes bien-aimés, (dit-il
à ses compagnons) que tout vous prospère; et, pour vous
rendre votre bonheur durable, écoutez ce que j'ai à vous
dire. La Nature, il est vrai, nous sourit; elle a rassemblé
tous ses charmes autour de notre demeure : mais elle ne
laisse pas d'exiger de nous des soins et du travail ; travail et
soins trop pénibles pour nous qui nous sommes consacrés
à des occupations plus douces. Il seroit dur pour nos mains
accoutumées à toucher les cordes sonores de la lyre, de
cultiver les champs: et nos têtes qui tous les jours reposent
à l'ombre, couronnées de roses, ne sauroient endurer l'ardeur brûlante du Soleil. O mes bien-aimés! je vais vous confier
des pensées qui, je crois, m'ont été inspirées par un Ange
protecteur. Lorsque l'obscurité de la nuit sera arrivée,
marchons vers les campagnes peuplées de laboureurs : et
quand, harassés des travaux de la journée, ils seront ensevelis

dans un profond sommeil, allons les surprendre, les lier,
et menons-les prisonniers dans nos demeures, afin que ces
hommes grossiers, qui ne sont pas comme nous initiés
dans les beaux-arts, supportent seuls les travaux de la campagne, et que leurs femmes et leurs filles soient employées
à servir les nôtres. Mais, je vous l'ai dit, choisissons la nuit
pour cette expédition. Il est pourtant vrai que nous leur
sommes supérieurs en nombre: mais qu'avons-nous besoin
de risquer de dangereux combats?» Ainsi parla le jeune-
homme, et la foule témoigna son applaudissement par des
acclamations de joie. Aussi-tôt une nouvelle scène vint frapper les yeux de Caïn. Le projet inhumain s'exécutoit déjà. Il
étoit nuit. Des cris d'épouvante et de désolation, mêlés avec
les cris de triomphe, vinrent du côté des cabanes qui toutes
en flammes éclairoient les roches et les campagnes. A la lueur
de l'embrâsement, il vit ses fils attachés et leurs femmes et
leurs enfans marchant devant les fils d'Abel comme un
troupeau timide d'agneaux bêlans.

Tel fut le songe de Caïn. Il en frémissoit encore dans
son sommeil, lorsqu'Abel qui l'avoit apperçu dans le bocage
au pied du rocher, s'approcha de lui; et, jettant sur lui
des regards pleins d'affection, il dit avec cette douceur qui
lui étoit propre: «Ah mon frère! puisses-tu bientôt te réveiller, pour que mon cœur gros de tendresse, puisse
t'exprimer ses sentimens, et que mes bras puissent te serrer
étroitement! Mais plutôt modérez-vous, desirs empressés;
retenez

retenez vos haleines, zéphirs du bocage, et vous, petits oiseaux, ne frédonnez qu'à demi-voix, de peur d'interrompre ou de troubler le précieux repos de mon frère. Peut-être que ses membres fatigués ont encore besoin des influences restaurantes du sommeil. Mais... comme le voilà étendu, pâle... défait... inquiet... la fureur paroît peinte sur son front. Eh pourquoi le troublez-vous, songes effrayans? Laissez tranquille son ame; venez images agréables, peintures des douces occupations domestiques, et des tendres embrassemens, peignez-vous à son esprit. Que tout ce qu'il y a de beau et d'agréable dans la Nature remplisse son imagination de charmes et de délices; qu'elle soit riante comme un jour de printems : que la joie soit peinte sur son front, et qu'à son réveil les hymnes éclosent de ses lèvres. » A ces mots il fixa son frère avec des yeux animés d'un tendre amour et d'une attente inquiète.

Tel qu'un lion redoutable, dormant au pied d'un rocher, qui, tout endormi qu'il est, glace d'effroi par sa crinière hérissée le voyageur tremblant, et l'oblige à prendre un détour pour continuer son chemin : si d'un vol rapide une flèche meurtrière vient à lui percer le flanc, il se lève soudain avec des rugissemens affreux, et cherche son ennemi, en écumant de rage: le premier objet qu'il rencontre sert de pâture à sa fureur; il déchire un enfant innocent qui se joue avec des fleurs sur l'herbe. Ainsi se leva Caïn, les yeux étincelans et le visage pâle de fureur. Un orage de colère

N

se formoit; la nuée étoit prête à crever; il frappa du pied
contre terre: « Ouvre-toi, ô terre; (s'écria-t-il) ouvre-toi,
et engloutis-moi profondément dans tes abîmes. Je n'éprouve
que des malheurs; et, pour comble d'horreurs, ô fatale
perspective! je vois que le sort affreux qui me poursuit,
doit être un jour transmis sur la tête de mes enfans. Mais
non, tu ne t'ouvriras pas; je t'implore en vain; le Vengeur
tout-puissant t'en empêchera; il faut que je sois misérable;
il le veut; et, de peur que mes maux futurs ne me laissent
jouir du présent, il écarte lui-même le rideau pour me faire
voir les profondeurs de l'avenir. Maudite soit l'heure à
laquelle ma mère, en m'enfantant, a donné la première
preuve de sa triste fécondité. Maudite soit la région où elle
a senti les premières douleurs de l'enfantement. Périsse tout
ce qui y est né; que celui qui veut y semer perde ses peines
et sa semence, et qu'une terreur subite fasse tressaillir
tous les os de ceux qui y passeront».

Telles étoient les imprécations du malheureux Caïn, lorsqu'Abel pâle, comme on l'est au bord du tombeau, risqua
de s'avancer à pas chancelans : « Mon frère : (lui dit-il
d'une voix entrecoupée par l'effroi) mais non... Dieu...
je frissonne... un des séditieux réprouvés que la foudre de
l'Eternel a précipités du ciel, a sans doute emprunté sa
figure, sous laquelle il blasphême!... Où est-il mon frère,
Ah fuyons! où es-tu, mon frère, que je te bénisse? »

« Le voici: (s'écria Caïn avec une voix de tonnerre) le

voici, beau favori, mignon chéri du Vengeur éternel, et de toute la Nature, toi dont la race de vipère sera un jour la seule heureuse dans le Monde : car il le faut bien. Il étoit juste qu'il y eût une génération qui donnât à la troupe bénite, des serviteurs soumis, des bêtes de somme, afin que ces hommes délicats n'épuisassent pas à des travaux rudes, des corps consacrés à la volupté. Ah! toute la rage de l'enfer est dans mon cœur. Ne pourrai-je... »

« Caïn! mon frère! (dit Abel, en l'interrompant avec une émotion dans la voix et une altération dans le visage, qui exprimoient tout à la fois sa surprise, son inquiétude et son affection) Quel songe affreux a troublé ton ame? Je viens dès l'aurore pour te chercher, pour t'embrasser, pour te bénir avec le jour naissant, mais quelle tempête intérieure t'agite? Que tu reçois mal mon tendre amour! Quand viendront, hélas! les jours fortunés, les jours délicieux, où la paix et l'amitié fraternelle rétablies, feront revivre dans nos ames le doux repos et les plaisirs rians; ces jours après lesquels notre père affligé, et notre tendre mère soupirent avec tant d'ardeur? O Caïn, tu ne comptes donc pour rien ces plaisirs de la réconciliation, auxquels tu parus toi-même être sensible, lorsque, tout transporté de joie, je volai dans tes bras? Est-ce que je t'aurois offensé depuis? Dis-moi si j'ai eu ce malheur: mais tu ne cesses pas de me lancer des regards furieux. Je t'en conjure par tout ce qu'il y a de sacré, laisse-toi calmer;

N 2

souffres mes innocentes carresses! » Tout en disant ces
derniers mots, il se mit en devoir d'embrasser les genoux de
Caïn : mais celui-ci recula en arrière.... « Ah serpent, (dit-il)
tu veux m'entortiller !......» Et en même tems ayant saisi
une longue massue qu'il éleva d'un bras furieux, il en
fendit la tête d'Abel. L'innocent tomba à ses pieds, le
crâne fracassé; il tourna encore une fois ses regards sur
son frère, le pardon peint dans les yeux, et mourut; son
sang coula le long des boucles de sa blonde chevelure, aux
pieds même du meurtrier.

A la vue de son crime, Caïn épouvanté étoit d'une pâleur
mortelle; une sueur froide couloit de ses membres tremblans; il fut témoin des dernières convulsions de son frère
expirant. La fumée de ce sang qu'il venoit de verser,
montoit jusqu'à lui. « Maudit coup; (s'écria-t-il) mon
frère !... réveille-toi ;... réveille-toi, mon frère..... Que
son visage est pâle !.... que son œil est fixe ! Comme son
sang inonde sa tête !... Malheureux que je suis !.. Ah qu'est-
ce que je pressens?.... des horreurs infernales. » Son désespoir lui faisoit pousser des hurlemens. Il jetta loin de lui la
massue sanglante ; et de son poing fermé il se frappoit
violemment le front. Puis, se baissant sur la malheureuse
victime de sa rage, il voulut la relever de terre. « Abel !..
mon frère !.... (crioit-il au cadavre sans vie) Abel, réveille-
toi.... Ah! l'horreur des enfers vient me saisir !.... Comme
sa tête dégoutante de sang est penchée !..... Quelle

défaillance!... O Mort... c'en est donc fait pour toujours! mon crime est sans remède. Où fuir? et comment fuir? Mes genoux chancelans se refusent à moi. » Puis, poussant des hurlemens effrayans, il se traîne languisamment dans le bocage voisin.

Le séducteur, d'un air triomphant, se tenoit près du mort, avec une orgueilleuse allégresse; il se dresse fièrement sur son corps gigantesque; son aspect étoit aussi effrayant que la noire colonne de fumée qui s'élève des décombres à demi-consumés d'une cabane solitaire, dont les habitans travailloient paisiblement dans les champs, tandis que la flamme dévoroit toutes leurs commodités domestiques , toutes leurs richesses. Anamalech suivit le criminel des yeux avec un souris infernal; puis, jettant sur le cadavre un regard de complaisance : « Quel doux spectacle (dit-il)! Qu'il est agréable de voir, pour la première fois, la terre abreuvée de sang humain ! Je n'ai jamais vu couler avec autant de plaisir les sources sacrées du ciel, avant cette époque fatale où le Maître de la foudre nous en précipita; jamais les harpes harmonieuses des Archanges n'ont résonné à mes oreilles avec autant de charmes , que ce râlement, que ces derniers soupirs d'un frère assassiné par son frère. O toi, la plus moderne des productions divines, magnifique et dernier chef-d'œuvre sorti de la main toute-puissante du Créateur, comme te voilà étendu ridiculement! Lève-toi, beau jeune-homme, ami des Anges, lève-toi; le culte

de ton Dieu ne te permet pas cette indolence à faire tes
actes d'adorations. Mais il ne se meut point ; c'est son
propre frère qui l'a étendu là avec si peu de ménagement.
Que dis-je? C'est moi-même qui ai conduit le bras du parricide Caïn ; c'est par de nouvelles actions , dont Satan
lui-même s'honoreroit, que j'entends me distinguer parmi
la classe obscure des démons.... Il est tems que je m'en
retourne au pied des trônes infernaux. Qu'il me sera doux
d'entendre les cris d'allégresse célébrer mes louanges ! Là,
tandis que les voûtes de l'abîme retentiront d'applaudisse-
mens , je marcherai triomphant au milieu de cette foule
obscure d'esprits malheureux qu'aucune entreprise d'éclat
n'a encore annoblis. » Dans son triomphe orgueilleux , il
voulut encore une fois fixer sa victime ; mais les traits hideux
du désespoir dissipèrent tout-à-coup son souris ironique ,
et effacèrent l'orgueil imprimé sur son front. Le Seigneur
commanda aux horreurs de l'enfer de le saisir ; et une mer
de tourmens se déborda sur lui. Alors il maudit l'heure de
son existence ; il maudit l'éternité pleine de tourmens , et
s'enfuit.

Cependant les derniers soupirs du mourant, et ses derniers gémissemens , étoient montés devant le Trône du
Tout-puissant , et demandoient vengeance à la Justice
éternelle. Le tonnerre se fit entendre du lieu très-saint ;
les harpes d'or cessèrent de résonner ; l'*Alléluia* éternel fut
interrompu. Trois fois le tonnerre retentit sous les voûtes

élevées du ciel. A ce bruit formidable succéda la voix majestueuse du Très-Haut, sortant de la nuée d'argent qui
environne le Trône. Elle appella un Archange. L'esprit
de lumière s'avance, se voilant la face de ses aîles éclatantes;
et Dieu dit: « Voilà que la Mort a pris sa première proie
sur l'espèce humaine. Ta fonction sera désormais d'assem-
bler les ames des Justes; j'ai parlé moi-même à celle d'Abel,
lorsqu'il tomba; dorénavant tu te tiendras à côté du Juste,
que glace la froide sueur de la Mort, pour l'assurer de sa
béatitude éternelle, dans ces momens de perplexité où l'ame
tremblante sur sa vie passée, redoute sa séparation. Tu
calmeras ses frayeurs, et lui inspireras la confiance : tu
détourneras ses yeux de dessus ma justice rigoureuse,
pour ne les laisser tomber que sur ma clémence. Vas, dès
cet instant, sur la terre au-devant de l'ame du Mort; et
toi, Michel, accompagne son vol, et annonce au meurtrier la malédiction prononcée contre lui. » Tel fut l'arrêt
de l'Eternel, et le tonnerre retentit trois fois sous les voûtes
élevées du ciel. Aussi-tôt les Archanges traversèrent d'un
vol bruyant les rangs de la milice céleste; et, ayant passé
rapidement les portes du séjour divin, qui s'étoient ouvertes
d'elles-mêmes à leur aspect, ils virent des Soleils sans
nombre, et s'abattirent enfin sur la terre.

Aussi-tôt l'Ange de la Mort appella l'ame d'Abel de sa
dépouille sanglante; elle s'avança avec un souris gracieux;
les parties les plus spiritueuses du corps la suivoient; et

mêlées aux exhalaisons balsamiques, dérobées par les doux zéphirs aux fleurs qui croissoient par-tout où portoit l'éclat rayonnant de l'Ange, elles environnoient l'ame, et se formoient en un corps éthéré. Elle vit avec un transport qu'elle n'avoit jamais senti, l'Ange qui venoit au-devant d'elle.

« Je te salue, (dit l'esprit céleste avec un front où se peignoit la bonté) je te salue, ô ame bienheureuse, dégagée de ta dépouille terrestre. Reçois mes embrassemens! Que je me félicite d'être celui de tous les Anges que Dieu a choisi pour t'introduire dans la béatitude! des millions d'autres esprits t'y attendent. Conçois, si tu peux, ton bonheur; ce que c'est que de contempler Dieu face à face, d'en jouir. Tu vas voir avec quelle magnificence il sait récompenser la vertu. Que je t'embrasse encore une fois, ô toi qui le premier as déposé la poussière qui t'enveloppoit, pour te revêtir de lumière! »

« Permets que je t'embrasse à mon tour, ami céleste (reprit l'ame qui resta confondue avec l'Ange par le sentiment ravissant de sa béatitude). » O quelle félicité inexprimable!... Lorsque mon ame qui est sortie de son limon y étoit encore attachée, et qu'à la clarté douce et bénigne d'une lune sans nuage, j'allois tranquille et solitaire, méditant sur les grandeurs de mon Dieu, et sur les charmes de la vertu: élevé au dessus de moi-même par ses sublimes objets, j'éprouvois déjà, sans le savoir, un crépuscule obscur de

la

la béatitude que je goûte à présent. Qu'ils ont encore pour
moi à cette heure des attraits bien plus piquans, ces charmes
de la vertu ! Combien les images des attributs divins se sont
agrandis à mes yeux ! Quelles pensées nouvelles !... Elles
sont agréables comme la vue d'un beau jour de printems,
brillantes et sublimes comme les astres qui roulent dans
l'immensité de l'espace. » A ces mots l'ame embrassa encore
l'Ange, et continua ainsi : « Me voilà possesseur assuré de
l'éternité. Je pourrai donc ne plus faire autre chose que
d'exalter les bontés de Dieu qui récompense à jamais d'une
félicité inexprimable celui qui aimoit ce qui est beau et bon. »

« Ainsi s'entretenoient les deux bienheureux : ainsi leur
amour réciproque s'épanchoit en de tendres embrassemens.
Viens ; (dit l'Ange à l'ame) suis mon vol ; quitte la terre ;
tu n'as rien à y chérir que les cœurs vertueux qui y restent.
Ne les regrette pas ; encore quelques années, et ils te suivront.
Quant à présent les chœurs des Archanges t'attendent ;
réponds à leurs empressemens. Viens prendre possession
de ces nouveaux amis : viens célébrer avec eux dans de
saints transports de joie le nom sacré de l'Eternel. »

« Je te suis (reprit l'ame du Juste). Dans quel torrent
de délices et de félicité tu m'emportes ! cher et respectable
ami, dont la nature est d'une excellence si supérieure à la
mienne. Et vous mes bien-aimés, que je laisse dans la poussière , quand un jour les années de votre vie se seront

O

écoulées sur vos têtes, quand l'heure de votre dissolution
sera arrivée, le céleste introducteur des ames ira au-devant
de vous; et moi, je tâcherai de l'accompagner. Prosterné
au pied du Trône du Très-Haut, je lui demanderai cette
grace insigne. Avec quelle joie verrai-je vos ames pures et
saintes s'élancer, de la fange où elles sont ensevelies, dans
le séjour de la béatitude! Et toi, Thirza, ma chère et
tendre compagne, je te reverrai aussi, quand tu auras
long-tems pleuré sur mes ossemens: quand l'enfant qui ne
commence qu'à balbutier, sera devenu aussi vertueux que
toi sous ta conduite; tu subiras la mort à ton tour. Quel
ravissement, quand alors ton ame, quittant son corps glacé,
viendra voler dans mes bras! »

Ainsi parloit Abel; et s'élevant dans les airs, il commençoit à perdre la terre de vue. Cependant son regard errant
encore sur les cabanes, tomba par hasard sur son frère;
le remords étoit empreint sur son visage. Il joignoit les
mains par dessus sa tête; et, levant les yeux vers le ciel
avec un regard farouche, il frappoit sa poitrine palpitante
à grands coups de poing; puis, plein d'un désespoir inquiet,
il se jetta par terre dans le buisson, et se roula dans la
poussière. Des larmes de compassion roulèrent dans les
yeux du bienheureux; ensuite son regard attendri se détourna de cette scène affreuse, et ne vit plus qu'une multitude
d'Anges qui s'étoient joints à son conducteur. Les esprits
tutélaires de la contrée, entassés en groupe autour de lui,

s'étoient fait une joie de l'escorter par de-là les confins de l'atmosphère terrestre. Là, remplis d'un saint amour, ils embrassèrent encore les célestes voyageurs ; puis ils restèrent sur une nuée vermeille, accompagnant seulement par des hymnes leur vol à travers l'Ether. La douce harmonie de la flûte et les sons argentins de la harpe, se mêloient à leurs célestes accens.

« Il s'élève (chantoient-ils en chœur) le nouvel habitant des cieux ; il s'élève vers sa patrie : plus beau, plus resplendissant que le printems, quand il vient sur la terre, environné d'une sérénité délicieuse, et de mille charmes rians. Rendez-lui hommage, brillantes constellations dispersées dans l'immensité de l'espace ; rendez hommage, par votre allégresse, à la terre votre compagne. Quelle gloire pour cette sphère opaque et maudite, d'avoir nourri de sa poussière des êtres pour le ciel ! Quel éclat elle renvoye vers nous ! Une verdure plus fraîche tapisse ses prairies ; ses collines réfléchissent une lumière plus claire. »

« Il s'élève, le nouvel habitant des cieux ; il s'élève vers sa patrie : des légions d'Anges l'attendent aux portes du ciel. Avec quel ravissement ils voyent le premier du genre humain abandonner la terre pour prendre possession du ciel ! Comme ils s'empressent à le couronner de roses qui ne se flétriront jamais ! Qu'il va être heureux, lorsqu'il se promenera dans les campagnes fleuries du ciel ; lorsque, sous

des berceaux aromatiques d'une verdure éternelle , il se
mêlera aux chœurs des Esprits célestes , pour louer avec
eux celui qui est la seule source et le principe unique du
bonheur ! »

« Nous avions déjà célébré par des cantiques , le jour
solemnel où l'ame de ce Juste , descendu du ciel , entra
dans son corps pour le gouverner. Nous vîmes alors comme
chaque vertu y croissoit en force et en éclat , ainsi que les
lys croissent dans un jardin de délices; nous l'avons toujours accompagnée invisiblement. Quelle admirable unifor-
mité de conduite! Nous avons vu toutes ses actions , tous
ses vœux , les larmes qu'elle a versées. L'amour de la vertu
étoit en tout son mobile et son guide. A présent qu'elle
est échappée de sa prison d'argile , volez vers elle , Esprits
célestes , et couronnez-la de myrtes et de roses. »

« Voilà sa dépouille étendue sans mouvement ; la voilà
comme une fleur fanée : reprends-la cette poussière : ô terre
qui l'avois fournie : qu'elle produise chaque printems des
fleurs odoriférantes. A l'avenir nous célébrerons , chaque
année , le retour de ce jour solemnel , auquel le premier
Juste a quitté la terre. »

L'hymne fini , les esprits tutelaires , portés sur leur nuée
brillante , se rabattirent sur la terre.

Caïn erroit dans le bocage voisin : son désespoir le faisoit courir çà et là; il vouloit fuir; mais comment fuir l'horreur qui l'accompagne? Ainsi le voyageur que poursuit, avec d'horribles sifflemens un serpent irrité, accélère en vain ses pas, et déploye inutilement sa force et son adresse pour l'éviter : bientôt l'animal venimeux, victorieux de sa résistance, lui entortille de son corps souple et long les reins et le col ; et, quelques efforts que fasse le malheureux pour s'en dégager, lui enfonçant profondément son dard dans le sein, lui lance son poison mortel jusqu'au cœur. « Quoi! (s'écrioit Caïn) j'aurai sans cesse devant les yeux la présence de mon frère sanglant. J'ai beau fuir; quelque part où je porte mes pas, son sang me suit. Que devenir? Où me cacher? Malheureux que je suis! Il me semble encore le voir tourner sur moi son dernier regard : et ce regard me tue. Qu'ai-je fait? O crime affreux! tu me fais éprouver les supplices de l'enfer. J'ai prétendu tuer les meurtriers de mes enfans à naître.... Mais quel bruit entends-je? il semble que ce soit les gémissemens d'un mourant! Encore si mes pieds, qui tremblent sous moi, pouvoient m'emporter loin de lui, loin de ce sang que je vois ruisseler, loin de cette contrée où je vois la mort peinte dans tous les objets! Puissent mes genoux tremblans, teints du sang de mon frère, m'entraîner, hélas! jusqu'au fond des abîmes infernaux! » A ces mots il voulut fuir.

Un sombre nuage s'abattit avec un bruit épouvantable à ses pieds. Caïn, où est ton frère? (dit une voix effrayante,

qui sortoit du nuage) « Que me demande-t-on? (répond
Caïn en bégayant) mon frère! Eh bien, mon frère, me
l'avoit-on donné en garde!» Et il recula en arrière, le
visage défiguré par une pâleur mortelle. Cependant des
flancs du nuage partit un coup de tonnerre qui consuma
l'herbe et les buissons d'alentour: et des mêmes flancs
sortit un Ange qui portoit empreintes sur son front les
menaces du Seigneur. Dans sa droite flamboyoit un foudre :
il étendit sa gauche sur le pécheur consterné. Un nouveau
tonnerre se fit entendre, et l'Ange dit d'un ton de voix
épouvantable : « Arrête, tremble, et écoute ta malédiction.
Qu'as-tu fait, dit le Seigneur? le sang de ton frère crie
vers moi; tu vas être maudit sur la terre qui s'est ouverte
et a bû le sang de ton frère versé par tes mains. Tu auras
beau la cultiver, elle sera toujours stérile pour toi, et tu
y seras éternellement fugitif.» Une épouvante affreuse tenoit
le pécheur muet et immobile, la tête inclinée et le visage
fixé vers la terre. Mais le fond de son ame étoit agité comme
l'est l'impie athée, quand, Dieu, dans ses terribles jugemens, faisant trembler la terre à ses yeux, il voit s'écrouler
les voûtes des temples profanés, les palais des pécheurs s'abî-
mer dans des gouffres profonds; quand il entend, parmi le
tumulte de la Nature en désordre, les cris des mourans
retentir à ses oreilles, et que des plages de la terre entr'ouvertes, il s'élève de sombres nuages et des flammes à l'entour
de lui; alors il se trouble; il chancèle, et tombe sur la terre
ébranlée. Ainsi trembla le fratricide, agité du même effroi,

pâle comme un mourant, et sans voix; il essaya de parler,
et ses lèvres ne purent proférer un seul mot; il bégayoit,
et n'osoit élever ses regards. « Mon forfait (dit-il enfin)
est trop grand... ah! beaucoup trop grand, pour que jamais
il puisse m'être pardonné. Aujourd'hui, ô Dieu inexorable,
tu m'as maudit sur la terre; et... où puis-je me cacher
de devant ta face? il faudra que je sois toujours errant et
fugitif. Puisse le premier qui me rencontrera me tuer, et
débarrasser la terre d'un infâme meurtrier! »

« Qu'une vengeance sept fois plus terrible tombe sur
celui qui te tuera, (dit la voix tonnante). La sombre
inquiétude et les remords rongeurs empreints sur ton front,
te désigneront assez, pour que tous ceux qui t'envisageront
puissent dire: « voilà Caïn le fratricide, » et quitter promp-
tement le sentier que tes pieds errans auront tracé. » Ainsi
l'Ange annonça l'anathême au Criminel, et disparut. Des
coups de tonnerre furieux partirent du nuage qui s'éloignoit;
un tourbillon qui mit les buissons d'alentour en pièces,
rendit d'horribles hurlemens, tels que ceux d'un Criminel
qui se désespère au milieu des supplices les plus affreux.

Caïn restoit immobile, le désespoir peint dans les yeux:
des vents furieux agitoient sa chevelure hérissée; il leva ses
regards couverts par des sourcils épais, ému d'une crainte
farouche, et s'exprima ainsi avec des lèvres tremblantes:
« Que ne m'a-t-il anéanti, entièrement anéanti, pour qu'il

n'y eût plus de trace de moi dans la création! Que sa foudre
ne m'a-t-elle atteint! que ne m'a-t-elle enfoncé dans les
profondeurs de la terre! Mais il veut me réserver à des
châtimens sans fin. Me voilà, dans cette attente, détesté
sur toute la terre, en horreur à toute la Nature..... en
horreur à moi-même!... Ah! déjà je les sens, ces compagnes
odieuses du crime, qui ne me quitteront plus; l'anxiété, le
désespoir, les remords.... qui me tenant éloigné de Dieu,
des hommes, me feront éprouver sans cesse, dès ce monde
même, des tortures infernales. Oui, je les sens. Maudit sois-
tu, bras trop obéissant qui as soulevé la massue pour le
meurtre; puisse-tu sécher sur mon malheureux corps comme
une branche sèche sur l'arbre! Maudite soit l'heure à
laquelle un songe sorti de l'enfer m'a trompé! Que les
campagnes mugissent toutes les fois que le Soleil renaissant
te ramenera.... O Nature! que ne montres-tu par des signes
hideux ton horreur pour moi? Tu es maudite toi-même
par-tout où je porte mes pas. Et toi monstre infernal, de
qui vient le songe qui m'a perdu; où es-tu, que je te mau-
disse? Es-tu retourné aux enfers? Ah! puisse-tu y sentir
sans fin ce que je sens en cet instant: je ne puis te rien
souhaiter de pis. Spectacle affreux! je vois... des tourbillons
de flammes s'élever de l'enfer! comme les démons jettent
leurs regards sur moi d'un air satisfait! Ah! triomphez,
Esprits de ténèbres; soyez contens; on ne peut pas être
plus malheureux que je le suis.... Ou, si vous pouvez encore
sentir la pitié, que mon état vous l'inspire. Nul de vous ne
souffre

souffre au fond des enfers ce que je souffre. » Après ces mots, Caïn s'étoit traîné vers une souche couchée à terre; il s'y assit sans force et sans voix. Il rêvoit profondément, lorsque tout-à-coup il s'écrie en frissonnant: «Quel bruit entends-je près de moi?.... C'est la voix d'Abel massacré; ah! j'entends ses cris plaintifs; voilà son sang qui ruisselle! O mon frère! mon frère, par pitié pour mes tourmens inexprimables, cesse de me persécuter. » Et il continua de rester assis en poussant de profonds soupirs, sans force et sans parole.

Cependant le père des Humains, accompagné de son épouse, sortit de sa cabane. « Avec quelle majesté le Soleil du matin lance ses premiers rayons (dit Eve)! Comme il dore et éclaire le léger brouillard qui couvre au loin les campagnes! Avançons dans cette belle contrée, et promenons-nous à la rosée, jusqu'à ce que l'heure du travail me rappelle dans la cabane, et toi dans les champs. O mon bien-aimé, que la terre est belle, toute maudite qu'elle est! Elle l'est autant (comparée au Paradis que nous avons perdu, hélas! par ma transgression) que tu l'étois dans tes jours pleins d'innocence, en comparaison des Anges qui venoient nous rendre visite. Regarde, cher époux, comme toutes les créatures se réjouissent; comme leurs chants se font entendre de chaque buisson, de chaque colline; comme chaque animal domestique s'égaye autour de la cabane, en saluant les rayons du matin, soit par des accens joyeux, ou par des bonds récréatifs.

P

Adam lui répondit: «O Eve, la terre est belle: quoiqu'elle soit maudite, elle porte pourtant toujours les traces visibles de la présence de Dieu et de ses bontés infinies, que ni notre chûte ni notre ingratitude n'ont pu tarir, quelque indignes que nous fussions d'en éprouver encore les effets. Oui, sa miséricorde et son indulgence propice, sont supérieures à tout ce que notre langue foible et débile peut exprimer, à tout ce que notre ame est capable de concevoir. Ma bien-aimée, allons jusques dans les prés fleuris où le troupeau d'Abel foule la rosée; peut-être y trouverons-nous ce fils, chantant religieusement un cantique à la louange du Créateur.

«Je veux, mon bien-aimé, (dit Eve) te faire la confidence d'une idée qui m'est venue dans l'esprit dès le lever du Soleil. J'ai mis les plus beaux de mes raisins secs, et des figues choisies parmi mes plus exquises, dans ce panier que voici. J'irai, me suis-je dit, trouver Caïn mon premier né, je lui porterai ces fruits pour le rafraîchir, lorsqu'après son travail il ira se reposer à l'ombre de quelque arbre voisin. Car je me flatte, cher époux, que le ciel bénira tous les pas, toutes les démarches par où nous pourrons le guérir de cette noire idée à laquelle il s'attache, qu'il n'est pas aimé de nous. »

« Que tes tendres soins sont attentifs, chère Eve (dit Adam)! je goûte, comme je le dois, tes sages conseils. Je

le veux bien; allons trouver Caïn; qu'il ne dise pas que nous
ne chérissons qu'Abel; peut-être la sérénité de ce beau
matin rendra son cœur plus ouvert aux impressions de la
tendresse. » Tout en disant ces derniers mots, ils doublèrent
le pas; et, Eve tenant toujours le panier à son bras, ils
s'avancèrent tous deux vers la campagne en se donnant la
main. Et ils redisoient en marchant: « Quel bonheur ce
seroit si, dans ces instans favorables où la Nature riante
semble réveiller les sentimens, nous lui en trouvons de
conformes à nos desirs! »

Ils sortoient de derrière un bocage, Eve la première.
« Qui est étendu là (dit-elle, en reculant pleine d'effroi)? ...
Adam.... qui vois-je étendu là?.... Ce n'est pas quelqu'un
qui se soit mis à son aise pour reposer; il a le visage renversé
contre terre..... Cette blonde chevelure est celle d'Abel.....
Adam, ah! pourquoi est-ce que je frissonne?.... Abel,
Abel! réveille-toi; mon bien-aimé, tourne vers moi ton
visage gracieux; ce visage où est peinte la tendresse filiale:
réveille-toi, cher fils; secoue ce sommeil qui me glace
d'effroi. » A ces mots, ils s'approchèrent de plus près.
« Que vois-je? s'écria Adam, et il recula en frissonnant.
Du sang!........ Il coule du sang de son front!..... sa
tête en est inondée!.... O Abel! ô mon cher fils! » (s'écria
Eve, en soulevant son bras roide); elle tomba pâle et à
demi-morte sur le cœur palpitant d'Adam. Ils étoient tous
deux sans voix, par l'effet du saisissement, lorsque Caïn,

P 2

qui erroit désespéré dans le bocage, sans savoir où tendoient
ses pas, les tourna par un triste hasard du côté du mort:
et, voyant autour du cadavre le père immobile d'effroi, et
la mère pâle et défigurée dans les bras de son époux: «C'est
moi qui l'ai tué (s'écria-t-il); tremblez, c'est moi. Maudite
soit l'heure où tu m'a engendré, père des hommes! Et toi,
femme, maudit soit l'instant où tu m'as mis au monde!
C'est moi qui l'ai tué, » répéta-t-il encore une fois; et il
s'enfuit.

Ainsi qu'un couple d'amans unis par le sentiment de leurs
perfections mutuelles, étant assis l'un près de l'autre, si
dans le fort d'un orage survenu tout-à-coup, la foudre étend
jusqu'à eux sa vapeur étouffante, ils restent appuyés l'un
sur l'autre, toujours assis et paroissant toujours vivre, mais
n'étant plus qu'une cendre inanimée; de même nos premiers
parens restoient assis, pâles, muets et immobiles; on les eût
cru morts, si ce n'est qu'ils trembloient de tous leurs
membres. Adam sortit le premier de cette funeste léthargie.
«Où suis-je, (dit-il d'une voix entrecoupée) quel frisson
me glace jusqu'aux viscères? Mon Dieu, mon Dieu! en quel
état le voilà étendu! Ah malheureux! ah déplorable père
que je suis! Quelle horrible épouvante a frappé mon ame!
Elle met le comble à mon infortune. C'est son frère qui l'a
tué; il l'a dit en nous maudissant, et s'est enfui. Que n'ache-
vez-vous, ô affreuses images, de m'accabler! Celui qui vient
de me maudire est mon fils; celui qui nage ici dans son sang

est aussi mon fils. Misérable que je suis! que de maux,
que de tourmens j'ai attirés sur moi et sur les miens! O
Abel, Abel!... Et toi, Eve, tu ne te réveilles pas, pour
sentir toute l'étendue de tes malheurs? Es-tu morte dans
mes bras? C'est donc moi; c'est moi seul qui reste en proie
à la désolation. Cependant, ô mon Dieu, je loue et bénis
tes décrets. Mais voici le froid de la mort qui gagne le long
de mes veines jusqu'à mon cœur palpitant. Mes yeux s'étei-
gnent; tu diffères, ô mort, de me frapper de ce que tu as
de plus horrible! Qu'attends-tu?..... O Dieu!... O Abel,...
le meilleur des fils! » Puis, laissant retomber ses regards
sur le cadavre, il pleura; une sueur mortelle couloit avec ses
larmes. « Tu te réveilles enfin, chère Eve, (continua-t-il).
Que de maux affreux ton retour à la vie va te rendre! Tes
yeux se rouvrent; ils se tournent vers moi. Quel regard au
milieu de tes larmes, ô compagne précieuse de ma misère!

« Adam, (reprit Eve, d'une voix mourante)..... le
meurtrier se seroit-il éloigné? Je n'entends plus retentir
ses malédictions à mes oreilles. Ils nous a maudits: ah! maudis-moi encore, fratricide féroce: mais ne maudis que moi.
Malheureuse que je suis, j'ai péché la première!... O Abel,
fils si tendrement aimé!» A ces mots elle se laissa tomber
des bras d'Adam sur le mort: « Mon fils, mon cher fils
(crioit-elle, en adressant la parole au cadavre refroidi). «O
Dieu! ses yeux immobiles ne se tournent plus vers moi.
Mon fils, mon fils, réveilles-toi; hélas! je l'appelle en vain;

il est mort. Voilà la mort, cette mort qui nous a été an-
noncée lorsque nous fûmes maudits après le Péché. Mais,
ô remords cuisans! ô tourmens inexprimables! c'est moi qui
ai péché la première. O toi, mon époux, époux précieux,
chacune de tes larmes est pour moi un reproche terrible:
ce fut moi qui te séduisis, qui te fis pécher; demande-moi
le sang de ton fils, ô père éploré! Malheureux enfans,
redemandez-moi votre frère. Et toi, fratricide, qui nous
l'as ravi, maudis-moi: mais épargne ton père; c'est moi
qui ai péché la première. O mon fils! mon fils! ton sang
s'élève contre moi....» Elle se lamentoit ainsi, et arrosoit
le cadavre d'un torrent de larmes.

Adam, regardant son épouse avec des yeux remplis de
douleur: «Chère Eve, (dit-il) tu fais souffrir à mon cœur
des peines inexprimables; cesse, je t'en conjure par nos
malheurs, par cet amour si tendre que j'ai pour toi; cesse
de me déchirer par les reproches que tu te fais à toi-même;
ils me tourmentent; ils m'accablent. Nous avons péché l'un
et l'autre, il est vrai; les suites amères de notre prévarication ne nous en font que trop souvenir: cependant ce
Dieu que nous avons offensé, ce Dieu qui nous châtie,
jette encore ses regards d'en haut sur nos tribulations. Oui,
mon Dieu! tu nous permets sur cette terre maudite de
t'implorer dans nos désastres. Tu n'as pas entièrement
anéanti le Pécheur. Nous vivons, Eve: la mort n'attentera
pas à nos ames; elle n'a de pouvoir que sur leurs dépouilles;

l'ame survivra au corps ; et, si elle a été vertueuse, des
récompenses éternelles l'attendent ..... C'est sans doute
une consolation , une très-grande consolation. Mais hélas !
massacré par son frère : ah Dieu ! c'est son frère qu'il l'a
massacré. »

« Oui, cher fils, (s'écria Eve ; et ses larmes recommen-
cèrent) la mort t'a ouvert une issue pour sortir de cette vie
de tribulation; ne devions-nous pas souhaiter de te suivre !
Hélas ! nous restons en proie aux peines dont elle t'a
délivré. Comme la voilà étendue , cette dépouille sanglante !
Ces ris que faisoit éclore la tendresse filiale ont abandonné
ses joues à présent flétries, livides et souillées de son propre
sang; sa bouche ne nous entretiendra plus des discours des
Anges; son œil terne ne versera plus ces larmes de joie,
qu'il répandoit lorsque je lui laissois voir les marques de
cet amour inexprimable que m'inspiroit sa vertu. Ah! dans
quel abîme de maux sommes-nous tombés! O Péché, Péché!
que tu es affreux à contempler! sous quelles formes hideuses
tu nous apparois! cher Abel, moi ta mère, ta malheureuse
mère !... je la suis aussi de ton assassin, Abel, mon bien-
aimé ! » Et, la parole lui manquant, elle resta étendue,
sans mouvement, sur le cadavre glacé par la mort. Elle y
demeuroit sans donner aucune marque de sentiment, lorsqu'Adam interrompit ce silence, en s'écriant: Comme me
voilà abandonné ! Comme tout est désert et lugubre autour de
moi ! Toute la Nature me semble avoir changé de face; je

ne vois plus dans ce qui m'environne qu'une consternation
générale. Il est mort, hélas! celui qui remplissoit ma vie de
consolation, de doux plaisirs, d'espérances heureuses.....
Il n'est plus, le soutien sur lequel se fondoit tout mon espoir;
il n'est plus. O toi, cher Abel, est-il donc vrai que tu sois
mort? Est-il bien vrai que ce soit Caïn.... ce monstre fugitif,
l'horreur de la Nature qui,... Grand Dieu! qui vois notre
désolation extrême, pardonne si nous nous lamentons, si
nous nous traînons dans la poussière, comme le vermisseau,
(et que sommes-nous autre chose devant toi?) si nous nous
traînons dans la poussière, comme le vermisseau à qui le
passant a écrasé la moitié du corps contre une pierre!»

Ces mots finis, il demeura pâle et muet, comme une
statue qui représente la désolation sur un tombeau couvert
de mousse et entouré de cyprès. Il tourna la tête vers
l'endroit fatal; un silence effroyable, inquiet, régnoit
à l'entour; puis il se traîna vers Eve, et retira sa main
défaillante du cadavre, en la serrant ardemment contre son
sein. «Eve, ma chère compagne, (dit-il, en se baissant vers
elle) réveille-toi, chere épouse, réveille-toi. Tourne ton
visage sur moi; retire-le de ce cadavre que tu as assez
arrosé de larmes, ne succombe pas sous le poids de ta peine.
Ta douleur étouffe-t-elle toute tendresse, tout souvenir
pour moi, pour ton époux: Ah! lève ton visage sur moi,
chère épouse. Il est juste que nous sentions les frayeurs
inexprimables de la mort, les suites fatales de notre chûte:
mais

mais de nous traîner avec abattement dans la poussière,
c'est pécher; il semble que ce soit reprocher à la Justice
éternelle de nous avoir trop punis. Laisse affoiblir, ô Eve,
ce désespoir excessif auquel tu t'abandonnes, de crainte
que la Miséricorde divine ne nous juge indignes, par notre
révolte, de toute espèce de consolation. » Eve aussi-tôt,
détournant son visage du cadavre, le tourna vers Adam;
puis levant au ciel ses yeux humides de larmes: « O Dieu,
pardonne-moi, malheureuse que je suis! pardonne-moi, ô
mon époux, ô mon bien-aimé! ma douleur est inexprimable.
Tu m'aimes pourtant encore, moi qui suis la cause du forfait que nous déplorons, du fratricide, de ce sang versé.
Adam, ah laisse-moi pleurer sur ta main, sur ce cadavre;
laisse-moi mêler mes larmes à ce sang....» Elle dit, et pressa
son visage arrosé de larmes sur la main d'Adam.

Ils pleuroient et se lamentoient ainsi tous deux, appuyés
l'un sur l'autre, lorsqu'une figure éclatante, traversant la
campagne, s'avança vers eux. Les fleurs odoriférantes qui
naissoient à chaque pas, marquoient les traces légères de ses
pieds; son front serein annonçoit la paix; l'amitié conso-
lante étoit exprimée par la douceur de ses yeux, et par les
traits rians de sa bouche et de ses joues : un vêtement
blanc, plus brillant que les nuées de couleur argentine,
qui environnent l'astre de la nuit, se jouoit sur cette taille
légère et déliée en plis ondoyans. Ainsi avançoit la figure
céleste, ranimant à l'entour toute la verdure de la contrée.

Q

« Eve, (dit Adam) lève tes yeux noyés de larmes ; étouffe tes soupirs ; vois cette figure céleste s'approcher ; vois avec quel air d'affection et de bonté elle s'avance. Déjà la consolation porte son flambeau dans les ténèbres de ma détresse. Ne pleure pas, Eve ; lève-toi ; allons au-devant du céleste messager. » Eve s'appuya sur son époux, et l'Ange se trouva devant eux.

Il fixa quelque tems le premier mort ; mais bientôt il ramena ses regards d'un air affectueux sur Adam et sur Eve. L'éclat qui l'environnoit illumina les deux époux. Puis il leur dit avec une voix douce et harmonieuse : Soyez bénis, ô vous qui pleurez ici près de la dépouille de votre fils, soyez bénis ; le Tout-puissant a daigné me permettre de vous visiter dans votre désastre. Parmi les Anges qui environnent les Mortels sur cette terre, aucun n'a aimé votre fils plus tendrement que moi ; toujours j'étois à ses côtés, quand les ordres du Très-Haut ne m'obligeoient pas de m'en éloigner. Lorsque sa belle ame, portant jusqu'à l'enthousiasme son goût vif pour la vertu, s'épanchoit en larmes de joie, ou en cantiques que les Anges de la contrée répétoient dans leurs concerts, c'étoit moi qui lui inspirois des pensées d'Anges, au moins celles dont peut être susceptible une ame ensevelie dans la poussière. Ne vous désolez pas, comme s'il n'existoit plus du tout ; puisque son ame, qui est immortelle, survit, vous ne devez pas être inconsolables. La mort n'a fait que la dégager des liens accablans du corps; elle va jouir, sans obstacle et sans interruption, de tout ce que peut desirer un être vertueux, sage, curieux des grandes vérités. Son bonheur est au-delà de tout ce que peut comprendre une ame qui ne voit rien encore que par l'entremise des sens. Abel est avec les Anges près du trône de Dieu. Pleurez-le mes bien-aimés : mais que votre douleur ne soit point inconsolable. Vous ne serez séparés de lui que peu de tems; bientôt la mort viendra vous enlever aussi. Elle se présentera, il est vrai, à chacun de vous, sous diverses formes; mais vous la recevrez tous, ainsi que doivent faire des ames religieuses, comme un ami long-tems attendu. Pour toi, Adam, voici ce que l'Eternel t'ordonne; rends ce corps corruptible à son origine; creuse une fosse, et couvre-le de terre. » Tels furent les discours de l'Ange à Adam et à Eve; il les envisagea avec affection, et son regard arracha de leurs ames l'excès de la désolation. C'est ainsi que l'onde pure d'une claire fontaine rafraîchit le voyageur fatigué; lorsqu'après avoir long-tems foulé les sables brûlans des déserts, il est prêt à tomber en défaillance par l'ardeur de la soif; mais, dès qu'il a puisé dans la source crystalline qui coule avec un doux murmure, il se repose plein de satisfaction sur ses bords, et sent ses forces renaître, puis, suivant son cours gazouillant qui le conduit dans une contrée agréable, où la Nature sourit avec toutes ses graces, il arrive enfin à la maison du père de famille, qui le reçoit sous un ombrage frais, et l'accueille avec largesse et bonté.

L'ame reconfortée par des sentimens nobles et élevés,

Adam jetta ses regards sur l'éclat éblouissant de l'Ange.
« Nous te bénissons, céleste ami (lui crioit-il, tandis qu'il
s'éloignoit) : ô Dieu, que tu es propice et bienfaisant! Tu
jettes les yeux sur nous dans nos maux, et tu ordonnes aux
Anges de nous consoler. Quoi! ramperons-nous dans
l'abattement et le désespoir, comme des réprouvés, lorsque
ta présence nous environne de toutes parts, lorsque tu
nous regardes gracieusement du haut de ton Trône, lorsque
les Anges de la contrée recueillent nos moindres soupirs?
Notre ame se livrera-t-elle à la douleur, sans vouloir
recevoir de consolation? Immortelle comme elle est, et
marchant au-devant d'une béatitude infinie, lui sied-il de
s'affliger de ce que son court pélerinage est semé d'incommodités? Nous devons, il est vrai, des larmes à notre
bienheureux fils; nous sommes privés de ces embrassemens
dans cette vie; mais nous en devons bien plus au Pécheur.
O Dieu, quelle joie mon ame éprouveroit, si tu ne le ban-
nissois pas entièrement de devant ta face! Il est le premier
sorti de mes reins; il est le premier qu'Eve enfanta avec
douleur. Chère Eve, crois que si nous implorons Dieu pour
lui, sans nous rebuter, ce Dieu est assez bon pour exercer
sur lui sa miséricorde. Si nous en doutions, nous serions
indignes de la bonté infinie par laquelle il nous a fait grace
à nous autres pécheurs; indignes des promesses ineffables
qu'il nous a faites, lorsque, prosternés dans le plus humble
abaissement, nous attendions, non pas les promesses pour
l'avenir, mais pour l'instant même, un jugement foudroyant.

Ne différons pas, Eve, d'obéir aux ordres du Très-Haut, je vais porter ce cadavre à notre cabane, et rendre à la terre la poussière du bienheureux. »

« Mon bien-aimé, (dit Eve) mon ame se sent un peu soulagée de son abattement; continue de me soutenir par tes consolations magnanimes, par ta vertu plus forte que la mienne. Ma foiblesse s'attache à toi comme le lierre à la tige des arbres. » Adam prit le cadavre sur ses épaules, pleurant sous ce triste fardeau, et Eve sanglotoit à son côté; ce fut ainsi qu'ils arrivèrent à la cabane.

CHANT CINQUIEME.

APRÈS un sommeil troublé par de noires visions, Thirza rouvroit ses yeux à la lumière du jour ; elle quitta précipitamment son lit couvert de peaux de bêtes. Ainsi se lève un voyageur à demi-éveillé, qui, excédé de fatigue, s'étoit couché sous le ceintre d'un roc caverneux, lorsque son Ange bienfaisant lui a représenté en songe que le roc fondoit sur sa tête ; il se retire en tremblant, et entend avec effroi, l'instant d'après, le roc s'écrouler en éclats. Il y a laissé, en se sauvant, le compagnon de son triste voyage ; et il ne sait pas encore que le malheureux est accablé sous les ruines. « Quels fantômes terribles (dit-elle) ont passé devant moi en songe ! Quels spectres lugubres ! je ne sais rien qui leur ressemble dans la Nature. Graces te soient rendues, aimable clarté du jour ; tu les as dissipés de devant ma vue. Belles fleurs qui m'entourez, parterres émaillés qui faites mes soins les plus agréables ; vos parfums divers, exprimés par la douce chaleur du matin, vont rafraîchir mon cerveau fatigué. Et vous, ô joyeux habitans de l'air, vos tendres accens vont rétablir la sérénité dans mon ame. Ma voix va se mêler à vos ramages ; mes louanges et mes actions de graces s'exhaleront avec celles de toute la Nature réparée. Créateur tout-puissant, Sauveur propice, mon ame confondue par tes bontés, n'exprime qu'imparfai-

tement l'immensité de tes bienfaits, et la grandeur de ma
reconnoissance. Ta providence veille sans cesse, tandis que
les voiles de la nuit et les pavots du sommeil sont appesantis sur nos yeux. Ah, que mes louanges et mes actions
de graces se mêlent avec celles de toute la Nature réparée ! » A ces mots elle sortit de la cabane, et s'avança
vers les fleurs qui venoient d'être épanouies : les zéphirs
du matin leur ravissoient leurs premiers parfums. « Mais,
(continua-t-elle) pourquoi donc cette sombre tristesse
qui, malgré moi, me pénètre jusqu'au fond de l'ame? Je
frissonne intérieurement. Qui peut me causer un serrement
de cœur si extraordinaire? Il me semble voir des nuages
obscurs qui s'avancent sous l'horison en masses énormes,
semblables à des montagnes ; à leur aspect, toute la
Nature se taît, et les campagnes contristées frémissent
dans l'attente d'un orage affreux. Où es-tu, Abel? Chère
moitié de mon ame, je cours me jetter dans tes bras,
poursuivie par de noirs soucis, comme on court à travers
un bois épais et solitaire, pour regagner la plaine, lorsqu'on
est poursuivi par la peur. »

Et, tout en disant ces mots, elle doubloit le pas ; lorsque
Méhala, sortant de sa cabane, alla à sa rencontre. « Je te
salue, ô ma chère sœur (lui cria-t-elle); où vas-tu avec
tant de hâte? Pourquoi ces cheveux épars, où tu n'as daigné
entrelacer aucune fleur, aucun ornement?

« Je cours (dit Thirza) me jetter dans les bras de mon
bien-aimé;

bien-aimé; des frayeurs extraordinaires m'ont inquiétée
pendant mon sommeil, et encore à présent, elles me pénètrent jusqu'au fond de l'ame; la sérénité du matin ne les a
pas dissipées : mais ce que n'a pu faire une belle aurore
printanière, ce que n'a pu faire l'aspect riant de la Nature
dans son plus grand éclat, la présence de mon bien-aimé le
fera; je cours me jetter dans ses bras. »

A ces mots, l'épouse de Caïn dit en soupirant; « Hélas!
je n'ai pas cette douceur : je ne puis tirer de consolation
que de mon père qui m'aime, de ma mère qui me chérit
aussi, de toi, Thirza, et de ton époux. Oui, c'est près de
vous que je dépose les soucis inquiets que le mécontentement de Caïn accumule sur ma tête. La belle Nature ne lui
inspire que de la mélancolie; il regrette les travaux qu'il
lui faut supporter pour rendre ses champs fructueux; mais
ce qui me fait le plus gémir, c'est sa haine invétérée contre
son frère! »

Méhala se mit à pleurer, et sa sœur pleurant aussi,
l'embrassa tendrement, et lui dit: « Que de larmes amères
cette idée fait verser à mon époux et à moi, pendant les
intervalles d'insomnie que nos chagrins nous occasionnent!
Notre ressource est de lever nos mains au ciel, et d'implorer
le Tout-puissant; ah! puisse un rayon de sa bonté, dissiper
les sombres nuages de ce cœur où croît une odieuse ivraye
qui étouffe tout principe de vertu! Alors le doux repos

R

refleurira autour de nos cabanes, et le chagrin ne ternira
plus le front de notre père, ni celui de notre tendre mère,
que la dureté de leur fils aîné accable de douleur. »

  Méhala reprit en pleurant : « Ah c'est-là, c'est-là, aussi
le sujet de mes prières. Hélas ! combien de fois m'arrive-t-il
de passer plus de la moitié des nuits à pleurer avec sanglots
pour mon époux, et à prier le Seigneur, à voix basse, de lui
amollir le cœur ! Mais, s'il arrive que ma prière et mes
sanglots s'exhalent assez haut pour le réveiller à mon côté,
alors sa voix foudroyante me glace d'épouvante ; il me
reproche que je trouble son repos, l'unique bonheur que
Dieu irrité lui laisse goûter sur cette terre maudite. Hélas,
Thirza ! voilà ce que je demande sans cesse au Ciel, occupée
dans la cabane aux affaires domestiques ; mes jeunes
enfans pleurent autour de moi, en voyant couler mes
larmes, et me demandent dans leur langage enfantin, qu'ils
accompagnent d'innocentes caresses, pourquoi je pleure.
Hélas, Thirza ! je dépéris par la douleur, comme une fleur
à laquelle des arbres trop pressés interceptent la rosée
rafraîchissante, et les rayons échauffans du Soleil. Aujour-
d'hui encore, lorsqu'il est sorti de la cabane avant l'aurore ;
ah, qu'il étoit terrible ! jamais la mélancolie n'avoit été si
fortement empreinte sur son front, la fureur étinceloit dans
ses yeux, sous l'abri de ses sourcils épais. En passant le
seuil de la porte, je l'entendois, et j'en frissonnois d'horreur ;
je l'entendois s'exhaler en imprécations, et maudire l'heure

de sa naissance: c'est ainsi qu'il saluoit l'aube matinale. Il est vrai, Thirza, comme tu en as été témoin plusieurs fois, que ses principes de vertu, redevenant les plus forts, étouffent ces idées ténébreuses, et rendent le calme à son ame. Alors il nous demande pardon de nous avoir offensées: mais hélas! bientôt cette foible lueur se dissipe, ainsi que dans les jours sombres de l'hiver, le Soleil perce avec peine l'épaisseur des nuages qui bientôt se rejoignent et le cachent de nouveau à nos yeux. Espérons pourtant qu'à la fin la sérénité du printems les écartera entièrement; ne cessons jamais de le demander à Dieu. Pour moi je nourris toujours cette espérance au fond de mon cœur. »

Tandis que Méhala parloit, Thirza écoutoit, en pâlissant, du côté du bocage. « Quels accens lugubres entends-je venir du côté des arbres (dit-elle toute frissonnante)?... Jamais douleur ne s'est exprimée par des plaintes si vives: ma sœur, c'est du côté de ces arbres........ Méhala, hélas! cette scène désolante semble s'approcher d'ici..... O Dieu!.....» A ces mots Thirza tomba défaillante dans les bras de sa sœur.

Adam d'un pas chancelant sortoit de derrière les arbres; il portoit sur ses épaules le triste fardeau, le corps de son fils; Eve, la tête penchée, marchoit à côté de lui; tantôt elle tournoit son visage flétri par la douleur du côté du cadavre sanglant; tantôt elle l'enveloppoit dans sa chevelure inondée de pleurs.

R 2

Couverte d'une pâleur mortelle, Thirza étoit restée immobile dans les bras de sa sœur; Méhala s'évanouit aussi sous le fardeau qu'elle soutenoit; ses jambes chancelantes manquant sous elle, sa foiblesse, jointe à sa charge, la renversa par terre. Ainsi, quand trois aimables compagnes, unies par une tendre affection, sont allées ensemble pendant une belle soirée de l'été, visiter les campagnes dorées d'épis, vers le tems de la moisson; si la foudre tombe à leurs pieds, l'effroi du coup imprévu les renverse: mais si, revenues peu-à-peu de leur frayeur, deux d'entre elles voyent à leur côté la troisième en cendre, elles retombent frappées d'un nouveau saisissement plus accablant que celui de la foudre même. Telle fut aussi la situation des deux filles d'Adam, lorsqu'en se réveillant elles virent le cadavre de celui qu'elles aimoient. Adam venoit de l'étendre sur l'herbe, et retenoit dans ses bras son épouse toujours prête à retomber à terre. « Où suis-je (s'écria Thirza)? ô Dieu! où suis-je?...... Comme le voilà étendu..... Abel, ah! pourquoi faut-il que je me sois éveillé?..... Lumière odieuse!..... ah malheureuse que je suis!..... Méhala, ah que je suis malheureuse!.... le voilà étendu mort! ô spectacle horrible! je suis frappée comme d'un coup de tonnerre!..... lumière odieuse! pourquoi faut-il que tu me sois rendue? »

« Thirza, (s'écria Méhala d'une voix tremblante).... ah, ne te laisse pas accabler de l'idée funeste qui me terrasse moi-même!..... Ah, Thirza! tu retombes encore!.....

réveille-toi, Thirza; approchons-nous; nous ne sommes pas encore certaines de notre malheur; il n'est pas mort... approchons-nous; ta voix, tes embrassemens le réveilleront. »

Après ces mots, les deux sœurs s'étant appuyées l'une sur l'autre pour se relever, se traînèrent tremblantes et sans force jusques vers le cadavre. « O mon père! ô ma mère! Comme ils fondent en larmes!..... Quels frissons me saisissent!... s'écria Thirza, en se trouvant près du cadavre... Abel!... Abel!... mon bien-aimé! cher époux, mon bonheur, ma vie, mon tout! réveille-toi..... Ah malheur extrême! tu ne te réveilles pas. Abel...... entends mes cris plaintifs, entends les cris de ton épouse. » Puis elle se précipita sur le cadavre, et voulut l'embrasser: mais elle recula épouvantée, en poussant un cri aigu, après avoir vu la blessure, et le sang qui lui couvroit le front. Elle étoit à terre, sans voix, sans mouvement, sans apparence de vie, pâle et froide comme un marbre inanimé. Le désespoir étoit peint dans ses yeux ouverts et fixes. Méhala pleuroit à côté d'elle; et les mains jointes, elle levoit vers le ciel ses yeux noyés de larmes, qu'elle rabattoit de moment à autre vers le cadavre.

Adam sentit sa douleur augmentée par celle de ses filles, et essaya de les consoler. « O mes bien-aimées, ô Méhala, ô Thirza, (leur dit-il) que ne puis-je appaiser vos maux! Prêtez-vous, je vous en conjure, à mes consolations. Pendant

que nous pleurions nous-mêmes, désespérés auprès de ce
cadavre, Eve et moi, un Ange revêtu d'une beauté céleste,
est venu à nous, ayant commission d'en-haut pour nous
consoler: «Pleurez, (nous a-t-il dit) mais ne soyez pas inconsolables. Vous ne devez pas le regarder comme n'existant
plus du tout : remettez à la terre cette poussière qui a servi
d'enveloppe à son ame. Quant à l'ame même, la voilà
dégagée des liens du corps; celui qu'elle animoit est plus
heureux que ne peut le concevoir une ame environnée de
son limon terrestre; vous ne serez séparés de lui que par un
court espace de tems, après lequel, lui étant réunis, vous
goûterez avec lui des torrens de délices dont les sens charnels
et grossiers ne sauroient vous donner une idée.» Ah, mes
bien-aimées, ne profanez pas les funérailles du bienheureux
par des plaintes inconsidérées!»

Tandis que Thirza restoit toujours sans mouvement et
sans voix, l'épouse de Caïn, joignant ses mains au-dessus
de sa tête, exprimoit sa douleur en ces termes: « O mon
père ! est-ce que tu voudrois nous interdire les pleurs?
Quelle vue affreuse que ce cadavre tristement étendu! O
toi, notre consolation, notre joie, ô Abel! tu nous es donc
ravi pour toujours; et notre occupation la plus douce sera
de pleurer sur toi jusqu'à l'heure de notre mort. Oui, te
voilà en possession de cette béatitude dont l'attente t'a fait
verser tant de saintes larmes, et après laquelle je soupire,
à présent plus que jamais. Voilà que nous gémissons de ta

perte, dans ce triste exil où nous vivons! Tu nous a été
enlevé; et notre plus douce occupation sera de pleurer sur
toi jusqu'à l'heure desirée de notre mort. Caïn, Caïn! où
étois-tu lorsque ton frère est mort? Ah! si tu l'avois du
moins embrassé auparavant avec une tendresse fraternelle;
si tu avois alors imploré le secours de ses saintes prières,
avec quelle affection il t'auroit encore serré dans ses bras
défaillans, et béni de ses lèvres mourantes! Quelle douce
consolation, quel heureux soulagement ç'eût été pour toi
à l'avenir! Mais... ô ma mère... quelle nouvelle douleur
te rend défaillante?.... tu te tais;... tu parois frissonner
d'horreur!... mon père, quelle consternation se répand sur
ton visage? Funeste pressentiment! Où est-il? le savez-
vous, ô mon père! le savez-vous, ma mère? Où est Caïn?
où est mon époux?

Eve abattue, s'écria: « Qui sait jusqu'où le poursuit la
vengeance divine? Ah, Dieu! le malheureux! C'est... mais
que vais-je dire? Je tremble de parler..... malheureuse
mère que je suis! affreuse et détestable idée, ne tourmente
que moi; déchire mon sein comme le feu de l'enfer! Ah
mère infortunée, pourquoi!.... Méhala saisie, s'écria:
Laisse éclater, ô ma mère, laisse éclater sur moi le fatal
orage: aussi-bien mes soupçons m'arrachent déjà les entrailles. O mon père, ô ma mère! ne m'épargnez plus. Caïn
auroit-il.... ah, parlez, je vous en conjure!..... Il l'a
tué, Méhala; Thirza, il l'a tué, » s'écria Eve, et aussi-tôt
l'excès de sa douleur lui ôta l'usage de la parole.

L'épouse de Caïn étoit frappée d'une terreur muette; ses
yeux immobiles ne versoient point de larmes ; une sueur
froide couloit de son front; ses lèvres décolorées trembloient;
puis elle s'écria : « Il a tué Abel ! Caïn, mon époux a tué
son frère ! O crime horrible !.... Où es-tu fratricide? où...
où ton forfait te poursuit-il ?.... Le tonnerre de Dieu a-t-il
vengé ton frère? N'existe-tu plus, malheureux ! Ou, si tu
existes, où es-tu à présent? Quelles contrées le désespoir
te fait-il parcourir? » Ainsi se lamentoit Méhala, en s'arra-
chant les cheveux.

« Barbare fratricide ! (s'écria Thirza) ah.... comment
a-t-il pu massacrer ce bon, ce vertueux frère, qui, sans
doute, sous le coup mortel, l'aura regardé avec des yeux
pleins d'amour ? Ah, Caïn! maudit.... maudit sois... O
ma sœur, ô Thirza! ne le maudis pas (s'écria Méhala):
ne le maudis pas: c'est ton frère, c'est mon époux; implorons
bien plutôt la miséricorde de Dieu sur lui. Je suis sûre qu'en
tombant ensanglantée, la sainte victime de sa fureur a jetté
des regards de compassion sur lui; qu'il l'a béni; et qu'à
présent prosterné devant le trône de l'Eternel, il demande
grace pour lui. Ne le maudis pas, Thirza ne maudis pas ton
frère; que nos prières s'élèvent de la poussière, et se joignent
à celles du bienheureux. »

« Où m'emporte l'excès de mes maux (repartit Thirza)!
Je ne l'ai pas maudit, Méhala; je ne l'ai pas maudit : le
malheureux !....

malheureux!....» A ces mots elle tomba sur le cadavre;
elle baisa ses joues inondées de sang, et ses lèvres froides
et livides; elle demeura long-tems ensevelie dans une douleur
muette; puis elle s'écria d'une voix entrecoupée: «Ah! que
n'ai-je pu, lorsque tu tombois, baiser encore tes lèvres pâles,
entendre encore de ta bouche les expressions de ton amour!
Ton œil mourant se seroit encore tourné vers moi; peut-
être... (et plût à Dieu que cela me fût arrivé)! peut-être
aurois-je expiré en t'embrassant pour la dernière fois. Que
ne puis-je encore à présent te suivre! que mon corps n'est-il
étendu sans vie à côté du tien! Mais je te survis, hélas! pour
être en proie à des maux inexprimables. Berceaux qui me
fûtes si agréables, vous m'inspirerez désormais la terreur;
je croirai vous entendre me demander celui qui sous vos
ceintres ombrageux, m'embrassoit avec de si vifs transports.
Les fontaines murmurantes me paroîtront gémir de sa perte.
Pauvre délaissée, je ne vais plus faire que pleurer mon
désastre, soit à l'ombre des bocages, soit sur le bord des
ruisseaux. Il m'échappe, hélas! je l'ai perdu pour jamais.
Ah Dieu!.... je verrai toujours ses yeux éteints, immobiles,
cette pâleur mortelle, ses joues livides, ce sang qui teint
son front. Ah! coulez, mes larmes, coulez sans mesure sur
ce corps flétri! Hélas! c'étoit par sa beauté le plus digne lo-
gement d'une si belle ame. Il m'honoroit trop, en descendant
jusqu'à m'embrasser. Comme la vertu y brilloit par des traits
visibles qui la rendoient aimable! Comme elle éclatoit dans
ses yeux! Comme elle souriot sur ses joues et sur ses lèvres!

S

Maintenant elle s'est échappée de ce corps, trop pure, trop sainte, pour commercer avec les Mortels, et singulièrement avec moi. Ah! coulez, mes larmes; coulez sans mesure sur cette enveloppe flétrie, jusqu'à ce que mon ame, empressée de le rejoindre, laisse sa poussière auprès de la sienne. »

C'étoit ainsi que Thirza se lamentoit, arrosant le cadavre de ses larmes. Eve sentit sa douleur augmentée par celle de ses filles. « O mes enfans (s'écria-t-elle)! je ne suis pas moins sensible à votre affliction qu'à la mienne propre; vos lamentations me déchirent l'ame. Vos plaintes sont pour moi des reproches rongeurs..... Elles me rappellent que c'est moi qui ai introduit le péché, la malédiction et la mort dans le monde. Ah! pardonnez-moi, mes enfans; pardonnez à votre malheureuse mère qui vous a enfantés avec douleur. » Ses filles attendries, lui embrassant les genoux, lui dirent affectueusement: « O Eve! notre mère, par cette douleur même que tu as éprouvée en nous mettant au monde, cesse, nous t'en conjurons, cesse d'aigrir ta peine et la nôtre; cesse d'aggraver nos tourmens par ton désespoir. N'appelle pas des reproches nos larmes et nos soupirs: Ah! si nous pouvions commander à notre douleur, il n'échapperoit de notre sein et de nos yeux ni soupirs ni larmes. Mais comment pouvoir résister à l'amour le plus tendre, au cri de la Nature? Ce sont-là les sources d'où partent nos pleurs. » Elles tenoient encore embrassés les genoux de leur mère, la regardant tendrement avec des yeux

baignés de larmes, lorsqu'Adam prit la parole en ces termes:
« O mes bien-aimées! ne différons pas plus long-tems d'accomplir les ordres de l'Eternel; rendons à la terre, d'où elle provenoit, cette enveloppe matérielle, l'objet de nos larmes et de nos lamentations. Le tems qui guérit tout, et la raison victorieuse adouciront notre douleur; elle sera comme les desirs d'une épouse après le jour qui doit la conduire dans les bras de son bien-aimé. Rends-le donc à la terre (reprit Thirza); et elle tourna en pleurant ses regards sur son père. « Mais permets-moi, ô mon père, (ajouta-t-elle) de pleurer encore sur lui, et tu le rendras ensuite à la terre. » Ces mots dits, elle se jetta les bras ouverts sur le cadavre.

Cependant Adam creusa une fosse dans la terre, et Eve et Méhala se tinrent éloignées à quelque distance. Sur ces entrefaites arrivèrent les jeunes enfans de Caïn, qui s'acheminoient vers la triste scène, se tenant par la main. « O mon cher Josia (s'écria Eliel aux blonds cheveux)! quelles lamentations entends-je devant nous? Approchons-nous? que vois-je? c'est Abel.... Comme le voilà étendu! comme il est pâle et défait, comme sa chevelure est ensanglantée! C'est ainsi, mon frère, c'est ainsi qu'est étendu un agneau qu'on a égorgé pour le sacrifice. Mon cher Eliel, (reprit le petit Josia) vois-tu comme Thirza pleure sur lui, et comme il tient son œil immobile sans tourner ses regards sur elle? Retirons-nous de-là; je frissonne; cette vue m'épouvante; hâtons-nous d'aller

trouver notre mère éplorée. » A ces mots, les enfans s'étant
approchés d'elle, lui prirent la main en la regardant tristement. « O ma mère! (lui demandèrent-ils) pourquoi pleurez-
vous? Pourquoi Abel est-il étendu là comme un agneau de
sacrifice? » Méhala embrassa ses enfans, et les regardant
d'un air douloureux, elle leur dit : « Mes chers enfans, la
mort a tiré son ame de la poussière, et l'a portée dans le séjour
qu'habitent les Anges, pour y jouir des félicités éternelles.
Il ne se réveillera donc plus (reprit le jeune Eliel, pleurant
avec sanglots); il ne se réveillera plus, lui qui nous aimoit
si tendrement; qui, nous tenant sur ses genoux, Josia et
moi, nous apprenoit de beaux cantiques, nous entretenoit
de Dieu, des Anges, des merveilles de la Nature; quoi, il
ne se réveillera jamais! Ah que notre père va pleurer quand
il sera venu des champs! » Et les deux enfans consternés
s'enveloppèrent dans les plis du vêtement de leur mère.

Adam avoit fini de creuser la fosse: « Réveille-toi (dit-il
à Thirza), réveille-toi, ma bien-aimée : ne différons pas de
rendre cette poussière à la terre, le Seigneur l'a commandé,
ma Thirza!» et s'approchant d'elle, il la prit par la main avec
tendresse. Elle avoit eu une extase sur le cadavre, et, se
réveillant de sa sainte vision: « Oui, je l'ai vu (dit-elle); il
s'avançoit vers moi dans un éclat céleste. Qu'il étoit éclatant
de gloire!....« Ne pleure pas (m'a-t-il dit), ne pleure
pas; je suis heureux; bientôt tu viendras me trouver dans ce
séjour de bonheur et de gloire, où il n'y aura plus de mort

qui puisse nous séparer. A ces mots il a disparu, en me jettant un souris divin, et un éclat céleste marqua les traces de
ses pieds. » Thirza dit, et une consolation sublime illumina
son visage. « Enterre, ô mon père! enterre (dit-elle) cette
enveloppe de poussière. » Puis elle se leva, et se mit à côté
de sa mère et de sa sœur; et toutes trois se cachèrent le
visage dans les ondes de leur chevelure éparse, tandis
qu'Adam, après avoir enveloppé de peaux le cadavre, le
mit dans la fosse, et le couvrit de terre. « Maintenant,
(dit-il) chere épouse, chers enfans, adorons le Très-Haut,
prosternés près de ce tombeau: » et tous se prosternèrent
auprès du tombeau, Eliel et Josia rangés aux deux côtés de
leur mère; alors le père des humains prononça cette prière
à haute voix, les bras en croix sur la poitrine.

« O toi! qui demeures au haut du ciel, Dieu, Créateur,
Justice éternelle, Bonté infinie, tu nous vois prosternés
devant toi, auprès du tombeau du premier mort; tu vois
des pécheurs t'implorer dans la poussière. Ah! fais que
notre prière s'élève vers toi; jette favorablement tes regards
sur nous dans cette vallée de mort, dans cette demeure
du péché: nos iniquités sont grandes, mais ta bonté infinie
est encore plus grande. Pleins de souillures et d'impuretés,
que sommes-nous devant-toi? et cependant tu ne détournes
pas ta face de dessus nos têtes; et du haut de ton trône,
tu regarde encore notre misère d'un œil propice. Tu nous
permets de t'implorer; tu ne nous as pas abandonnés,

quoique pécheurs. Sois loué à jamais, toi qui habite dans
les cieux. Ce n'est pas seulement l'agréable printems qui
te loue; ce n'est pas seulement la sérénité du ciel qui
t'annonce; tu te manifestes aussi par les éclats bruyans
du tonnerre qu'enfante un sombre nuage, par l'aquilon
mugissant qui excite les tempêtes et les orages pluvieux.
Tu tires également ta gloire, et de la joie riante du mortel
heureux, et des tristes pleurs de l'infortuné. Nous l'avons
vue, la fille du péché, l'affreuse mort; elle est venue dans
nos cabanes sous une forme hideuse. Une funeste prévarication dont la terre auroit dû marquer le fatal instant par
des hurlemens funèbres, par d'épouvantables orages; un
noir forfait l'a conduit ici par la main: le premier sortit
de mes reins..... ah! j'en frémis, il a livré son frère à la
mort. Dieu miséricordieux! ne détourne pourtant pas ta
face de devant moi, j'ose t'implorer pour lui. Dieu clé-
ment, daigne ne pas rejetter entièrement le coupable de
devant toi; jette tes regards sur lui; verse ta terreur dans
son ame, afin qu'il tremble de son crime; qu'il s'humilie
devant toi sur la terre; qu'il pleure, qu'il gémisse, et te
demande sans cesse pardon; et, quand il t'aura long-tems
imploré, ô mon Dieu! répands alors quelque consolation
sur sa misère: exauce, je t'en conjure, la prière que j'ose
t'adresser. J'ai creusé un tombeau; j'ai jetté de la terre
mouillée de nos larmes sur le corps corruptible du mort;
écoute favorablement nos vœux; qu'ils montent du creux de
sa sépulture jusqu'au pied de ton trône sublime. Exauce-

nous, Seigneur; Seigneur, exauce-nous; nous te demandons
graces pour notre premier né; ne le laisse point périr
dans ta colère; soit que nous t'implorions au coucher du
Soleil ou à son lever, soit que nous interrompions la nuit
pour élever nos cœurs vers toi, daigne nous entendre
et nous être favorable. Nous sommes encore trop heureux
sous la main même de ta justice vengeresse. Louanges
éternelles te soient rendues; tu as reçu l'ame du mort
dans ta gloire. La mort a pris sa première victime; nous la
suivrons, cette victime, l'un après l'autre, dans la sombre
fosse; nous la suivrons dans l'éternité. O toi! dont un
signe créa le ciel, dont la parole tira la terre du néant;
ils passeront, ce ciel et cette terre: mais pour toi tu es
éternel. Nous vivons dans la poussière, et notre poussière
se dissoudra! mais tu restes éternellement inaltérable, tu
nous rassembleras tous dans ta gloire, le Pécheur pénétré de
repentir sur ses fautes, et le Juste qui s'afflige de ce que sa
vertu est encore mêlée d'imperfections, de ce que la pureté
de sa conscience est encore altérée de quelques taches qu'y
imprime la foiblesse humaine; tu les tireras l'un et l'autre
de la poussière, afin qu'ils se réjouissent éternellement,
et qu'ils soient purs comme des Anges. Car.... ô promesse
ineffable! la race de la femme doit un jour briser la tête
du Serpent. Que la terre bondisse; que toute la Nature
chante tes louanges. Nous te louerons à l'heure même
que les maux sortis de ta main viendront fondre sur nos
têtes. L'homme est déchu; il est dégradé de sa dignité

première; mais trop heureux encore de ce que son Dieu ne l'a pas rejetté pour toujours; et que de son tribunal même il jette encore sur nous des regards de bonté. Il est tombé, celui que Dieu avoit créé si heureux; et, à l'instant de sa chûte, confus et tremblant, il attendoit dans l'humiliation et la détresse, la malédiction divine et sa damnation éternelle; car que pouvoit attendre autre chose d'un Dieu irrité, une créature ingrate et rebelle? Mais, ô prodige de bonté inattendu! la Nature entière annonce de la part de Dieu avec solemnité, qu'un jour la tête du Serpent sera écrasée. Mystère sublime, mais environné, il est vrai, d'une sainte obscurité qu'un être créé ne sauroit pénétrer; mystère ineffable, mais consolant, que le pécheur puisse, malgré ses crimes, être réconcilié avec Dieu!... Et nous nous désolerions encore par des larmes profanes dans notre demeure terrestre, de ce que le songe de cette vie est alternativement entrecoupé de plaisirs et d'afflictions, jusqu'à ce que la mort qui s'approche, dégage l'ame de son enveloppe souillée, et l'affranchisse des fers d'une juste malédiction? A cet heureux instant, l'ame qui, malgré le limon qui l'entoure, a conservé l'idée de sa dignité originaire, qui a répondu fidèlement aux saintes inspirations de l'amour divin, sort alors de sa prison, pure et heureuse comme les Anges. Ah! je pénètre dans les secrets d'un heureux avenir. Je vois ceux que la mort a transportés au séjour céleste: je vois une race nombreuse, pure comme les flammes que les Anges allument sur l'autel,

en

en face de l'Eternel. Ils sont au milieu des Anges ; ils chantent des hymnes sans fin devant le trône éclatant du Tout-Puissant. Ah! qu'est-ce que je suis? Comme mon ame s'élève! Elle n'a jamais rien éprouvé de semblable. O bonté infinie! elle ne suffit pas à célébrer tes louanges. Elle nage dans de saints ravissemens : et, quand elle penseroit avec autant de force que le premier des Anges, elle les exprimeroit imparfaitement; elle ne pourroit que les sentir. »

Adam se tut, et resta long-tems dans un profond silence; toute sa famille, prosternée près de lui autour du tombeau, y étoit sans mouvement et sans voix. La Nature entière, comme étonnée, observoit le même silence, et le ciel, serein, au-dessus de leurs têtes, n'avoit pas le plus léger nuage.

Le soir vint, l'air étoit frais et le tems calme. Caïn, agité de frémissemens inquiets et de remords rongeurs, avoit erré dans les contrées les plus sauvages. Accablé de fatigue, il s'assit du côté où la lune montoit au-dessus de l'horison, et fit ainsi entendre sa voix effrayante à travers le silence de la nuit. «Là-bas (dit-il) de derrière cette montagne, se lève la lune avec son éclat blanchâtre, et nage dans l'atmosphère obscur; elle répand au loin sa pâle lumière et une douce tranquillité : tout respire le repos et la fraîcheur sous cette belle voûte parsemée d'étoiles. L'homme seul est agité : des cris et des accens

T

lugubres s'élèvent de ces cabanes: c'est moi, scélérat,
c'est moi qui ai porté la désolation dans ces cabanes!
Ces cris, ces accens lugubres dont l'air retentit, m'ac-
cusent: c'est mon crime qui les cause. Reculez-en
d'horreur, constellations qui m'entendez: et toi, lune,
pâlis, et voile ton flambeau: en ce jour, jour maudit,
la terre que tu éclaires a été abreuvée du premier sang
humain: et c'est moi, malheureux, c'est moi qui l'ai
abreuvée de ce sang, et du sang de mon propre frère.
Je ne mérite plus, astres bénis, votre influence favorable.
Refusez-la moi: j'y consens; refusez-la aux champs que
je laboure, à la contrée que j'habite; j'ai massacré mon
frère; enveloppe-moi, sombre obscurité; cache-moi aux
yeux de toute la Nature. Je veux, sous ton voile, traîner par-
tout ma misère avec moi. Je fuirai dans des lieux déserts
et arides, dont aucun pied mortel n'aura foulé l'herbe
flétrie; j'habiterai parmi des rochers d'où une eau infecte
distillera en forme de larmes; dans les repaires marécageux
d'horribles reptiles, où des buissons épais, asyle des oiseaux
de proie, me déroberont l'aspect du ciel; là je passerai
le jour à me plaindre, à me lamenter, et à me traîner
sur la terre. Et, quand le sommeil aura ramené le cortège
des songes les plus noirs, ils présenteront tous à mon
imagination effrayée, un crâne brisé, une chevelure ensanglantée. »

C'étoit ainsi que Caïn, saisi d'horreur, exprimoit ses

remords au milieu des ténèbres de la nuit: il se tut ensuite, et resta long-tems en silence, abandonné à son affliction. L'oiseau nocturne, effrayé de ces lugubres accens, retenoit les siens. On n'entendoit dans la contrée qu'un murmure sourd. Caïn promenoit ses regards au loin, et reprit la parole en ces termes : « O vous, collines élevées, et vous, ô bois sacré que je contemple, soyez sensibles à mes maux. Qu'ils sont grands! Ils le sont plus que je ne saurois dire. Le malheureux, quoique coupable, mérite encore quelque commisération. Plaignez mon désastre, ô belle Nature! hélas, vous n'avez plus pour moi d'attraits. Plaignez-moi, ô vous, créatures quelconques, qui ressentez la présence efficace d'un Dieu infiniment bon! Mais hélas! ses bontés n'ont plus rien qui me regarde; je ne puis plus éprouver que sa justice. Dieu n'est plus pour moi qu'un Dieu vengeur. » A ces mots sa voix resta encore suspendue quelques instans; puis il dit, en soupirant profondément : « Du moins à présent, voilà que je commence à pouvoir pleurer; je ne le pouvois pas auparavant, voilà que mes larmes coulent en abondance; ah! précieuses larmes, qui m'attestez à moi-même que mon malheur est adouci. D'abord le désespoir s'étoit emparé de mon ame; à présent c'est la douleur lugubre et plaintive. Ah! coulez mes larmes; reçois-les, ô terre qui as reçu le sang de mon frère. Je suis maudit sur ta surface : mais... reçois les pleurs que me fait verser ma douleur amère. Mais...... quelle pensée naît dans mon ame!.... elle

T 2

redouble l'abondance de mes larmes......Oui, je le
veux.... maintenant que la nuit m'enveloppe, je veux
me traîner autour des cabanes des affligés; les voir encore,
les bénir encore.... Les bénir... moi?... les vents en
courroux emporteront cette bénédiction qui ne peut que
faire horreur. Malheureux que je suis; je ne puis plus les
bénir! J'irai toutefois: je veux les bénir, et pleurer. Après
cela.... hélas après cela, je fuirai loin d'eux pour jamais.
Je te fuirai, Méhala, je fuirai mes chers enfans. » Alors,
n'en pouvant plus, il se tut, et s'avança vers les cabanes en
arrosant de ses larmes les routes désertes qu'il parcouroit.

Il apperçut de loin un cabinet de verdure, qu'Abel son
frère avoit planté sur le doux penchant d'une colline.
Cette vue lui rappella qu'Abel avoit dit en le plantant:
« Croissez et montez, tendre charmille: que nos derniers
neveux se disent sous votre ombrage : c'est ici qu'Eve a
reçu son premier né: ici qu'elle l'a embrassé la première
fois sur la terre; c'est ici qu'elle a acquis le titre de Mère
qui faisoit sa consolation dans son triste exil; elle nomma
le nouveau né Caïn. Elle se penchoit sur lui avec un
ravissement inexprimable; et le baisa en disant: O cher
et doux présent que le Seigneur m'a fait! »

Le meurtrier pour qui ce moment de la tendresse de
son frère étoit un reproche de sa barbarie, détourna le
visage en passant devant; une sueur froide couloit sur son

front, ses genoux chancelans le portoient à peine. C'est
ainsi que frissonneroit un fils dénaturé devant le tombeau
d'un père que le parricide auroit fait périr lui-même, en
mêlant du poison dans son manger, lorsqu'il revenoit des
champs, excédé de faim et de fatigue. La douce exha-
laison des fleurs dont l'urne du père auroit été parfumée;
le bruit des feuilles des arbres funèbres, plantés autour
du tombeau, feroient le supplice du fils. Caïn avoit passé
le cabinet de verdure, et s'approchoit des cabanes. La
pâle lumière de la lune les éclairoit foiblement, à travers
les branches entrelacées des arbres, et un calme effrayant
régnoit à l'entour. Il y jetta les yeux, pleura, leva les
mains au ciel, et resta long-tems immobile et muet; une
douleur inexprimable lui tenoit le cœur serré; aucun objet
ne pouvoit le tirer de son attitude fixe, et de son lugubre
silence. « Que la tristesse repose profondément ici (dit-il
enfin à voix basse) ! D'où proviennent ces sifflemens?....
Ne sont-ce pas des soupirs? Ne sont-ce pas les cris
nocturnes de la désolation, qui viennent des cabanes?...
Le voici... ô famille déplorable! le voici qui tremble
dans l'obscurité, poursuivi par l'enfer, celui qui vous a
rendu vos demeures affreuses...... celui.... (ah misérable
que je suis!) qui a chassé loin de vous le repos et toutes
les douceurs des liens du sang. Et j'ose encore respirer
un air rempli des soupirs de ceux que j'ai rendu malheureux! j'ose porter mes pas dans une contrée consacrée
à la désolation des Justes qui gémissent sur mon forfait!.....

Fuis, malheureux; ne profane pas cette sainte contrée....
Oui, je vais fuir loin de vous; mes yeux, noyés dans les
pleurs, ne vous verront plus que quelques instans; mais per-
mettez-moi de verser encore quelques larmes, et d'élever
ces mains sanglantes vers le ciel pour vous bénir. Je fuirai
ensuite. Soyez bénie, soyez à jamais bénie, ô famille
justement éplorée. Malheureux que je suis, peu s'en est
fallu que je n'aie profané ces saints noms, ces titres respec-
tables, qui désignent les liens sacrés par où je devois leur
être uni, et qui m'attachent inviolablement à eux. Soyez
bénis encore une fois. Puisse votre affliction vous quitter
avec l'obscurité de la nuit, et puisse croître la mienne!
ce doit être là mon partage pour toujours sur cette terre
que j'ai tant maudite. Puissiez-vous oublier pour jamais
celui dont l'image fait votre supplice: hélas! dans quel excès
de désastre faut-il qu'un malheureux soit plongé pour être
réduit à de pareils souhaits!»

En proférant ces mots, Caïn étoit arrêté dans l'obscurité;
il gémissoit et levoit les bras au ciel, lorsque quelqu'un
s'avança dans la nuit d'un pas lent. Une sueur froide,
comme celle de la mort, le glaçoit; tremblant, il vouloit
fuir; mais il ne le put, et tomba sans force parmi les
brossailles.

Thirza, pendant cette triste nuit, la première de son
veuvage, ne pouvant trouver le repos dans ce lit désert

où son époux n'étoit plus, le quitta, et sortit de la cabane;
le visage baigné de larmes, elle s'assit sur l'herbe mouillée
de la rosée, à côté de la colline du tombeau; puis, les
mains jointes, elle regardoit le ciel étoilé avec des yeux
fixes; ensuite elle retomba sur l'herbe, et ses larmes arro-
soient le tombeau. « C'est ici, (dit-elle en sanglotant)
c'est ici que repose mon bien et toute ma félicité; c'est
ici sous cette terre qui engloutit mes larmes. Hélas! il
n'y a donc plus pour moi ni paix ni repos à attendre,
pendant les heures lugubres de la nuit. Ah! coulez, mes
larmes, coulez, il ne me reste d'autre adoucissement que
de pleurer à toutes les heures du jour, de gémir pendant
les nuits entières, dans ce triste silence de la mort. Il
est vrai.... je t'ai vu, ô mon bien-aimé, dans un éclat
céleste: de quelle splendeur tu étois revêtu! Mais hélas!
aurois-je moins sujet de pleurer ta perte? Je te perds pour
jamais dans cette vie pleine d'affliction: tu m'es enlevé
pour jamais.... Je m'étois épuisée à pleurer auprès du
précieux gage de notre amour; un repos adoucissant vient
de s'étendre sur ses paupières: hélas! un sourire gracieux
éclate sur son visage. Il ne connoît pas encore les maux
attachés à la condition mortelle; il ne sait pas la perte
qu'il a faite. En vain je me suis jettée sur le lit conjugal,
à présent désert; en vain j'ai imploré le sommeil: hélas!
la triste solitude et les soucis cuisans se sont pour jamais
établis sur ce théâtre de notre tendresse conjugale, de ces
chastes délices que ton amour pour moi me faisoit goûter

dans tes bras; elles me sont donc ravies pour toujours, pour tout le tems au moins que durera cette triste vie. O crime affreux! elles me sont ravies par un frère..... Où est-il... le malheureux? Où ses remords l'entraînent-ils? O toi!.... mon Dieu, ne dédaigne pas les vœux plaintifs que je t'adresserai sans cesse pour intéresser en sa faveur ta bonté infinie; ne le dédaigne pas, s'il fait pénitence; s'il se traîne sur la poussière; s'il implore ta miséricorde. » A ces mots prononcés douloureusement, ses soupirs et ses sanglots arrêtèrent son discours. « Bel astre de la nuit (continua-t-elle en élevant ses yeux en haut), combien de fois n'as-tu pas été le paisible témoin des expressions de la tendresse du cher époux que cette terre enferme, quand, nos bras entrelacés, je marchois tête-à-tête avec lui à la lueur de ton flambeau; quand ses lèvres saintes me peignoient éloquemment les charmes de la vertu! Tu éclairois ses pas lorsqu'il vivoit; tu n'éclaireras plus que sa sépulture. Voilà donc enfouie sous ce monceau la plus douce consolation du meilleur des pères, et de la plus tendre des mères; voilà mon précieux époux. » A ces mots elle se tut; et ses larmes redoublèrent; tandis que ses yeux égarés mesuroient vaguement toute la contrée, jusqu'à ce que, ses regards étant fixés par un éclat singulier, elle s'écria: « Que ce berceau que je vois de loin est brillant: des pensées saintes et sublimes s'élèvent au milieu de ma misère, comme quand la lune, montant au-dessus de l'horizon, dissipe tout-à-coup l'obscurité de la nuit.

Quel

Quel éclat sort de ce berceau où tu m'embrassas, ô Abel,
à la lueur mourante du Soleil couchant? Quelle félicité,
(me disois-tu en me serrant contre ton sein) quelle félicité
d'être vertueux! Quelle félicité d'aimer celui de qui émane
tout ce qui est beau! qu'on est heureux de ne rien trouver
dans sa conduite qui puisse déplaire aux Anges dont nous
sommes environnés! Quelle volupté ressemble à celle que
fait éprouver la présence continuelle de Dieu, qui nous est
manifestée par les œuvres de la création! Quelles délices
plus ravissantes que ces larmes pieuses que fait couler
notre amour pour lui! Pour quiconque passe ses jours dans
ces divins transports d'adoration et de piété, la mort n'a
rien d'effrayant, quelque terrible qu'elle puisse être; nous
savons, au moins, (et c'est une grande consolation pour
l'homme pécheur) quelle dégage l'ame de son corps
mortel, pour lui ouvrir l'entrée dans une éternité de bonheur. Thirza (me disois-tu, en me serrant plus près contre
ton sein), si je sors le premier de la poussière, si je suis
heureux avant toi, ne pleure pas long-tems sur ma cendre.
Qu'est-ce que le tems passager qui t'est assigné par le
Créateur, en comparaison de l'éternité dont nous jouirons
ensemble dans le ciel? Mon bien-aimé (lui disois-je à
mon tour, en l'embrassant étroitement), fais de même
de ton côté; si la mort m'enlève la première de ce séjour
de larmes, abrège et modère ta désolation; puisque Dieu
nous prépare à l'un comme à l'autre une félicité sans
bornes.... «O mon ame, rappelle tes forces, pour ne
V

pas succomber à l'affliction! Laisse-toi affecter par ce
puissant motif de consolation, par l'idée de ton immor-
talité; et, te distrayant du fatal objet de ta douleur, envisage
la suprême béatitude qui, en s'approchant, fait disparoître
les scènes changeantes de cette vie. Si l'ame périssoit,
et qu'elle s'écroulât en poussière avec le corps, comment
pourrois-je me consoler? Je me traînerois sur ton tombeau,
en jettant des cris plaintifs; et, dans mon désespoir, j'implo-
rerois l'anéantissement; mais elle est immortelle. Non,
elle ne succombera pas lâchement sous la douleur. O vous,
Anges qui voltigez d'une aîle légère autour de moi, vous
la soutiendrez; elle ne succombera pas lâchement sous
la douleur, elle est immortelle comme vous. Cependant
mes larmes coulent encore; qu'elles coulent, je les donne
à la poussière de mon époux qui m'a devancé dans la
possession du bonheur éternel. Je veux, ô mon bien-aimé!
(mais les larmes me coupent encore la parole, elles redou-
blent: ô mon ame! rappelle donc toutes tes forces pour
commander à ta douleur) je veux planter sur ta tombe
un arbre funèbre à l'ombre duquel je verserai encore bien
des larmes sur ta cendre. J'y passerai les plus belles heures
du jour à pleurer mon infortune: mais me livrant à de
saints transports, je porterai mes vues élevées jusqu'à la
félicité céleste.» Elle dit; et, s'étant levée de terre, elle
resta de bout sur le tombeau. «Je croyois (dit-elle) sentir
quelque soulagement à ma douleur; mais, ô réflexion acca-
blante! il a été massacré par son frère! O Dieu de bonté,

(s'écria-t-elle, en se prosternant en terre) exauce mes
supplications ; fais grace à ce malheureux pécheur ; fais-
lui grace ! Je te réitérerai sans cesse cette prière avec
instance, soit quand l'étoile du soir assemblera les astres de
la nuit, soit quand l'aurore ouvrira les portes du jour.»

Pendant ce tems, Caïn trembloit dans le bocage, accablé
de désespoir. « Fuis (se disoit-il à lui-même); fuis ces
saintes demeures, monstre odieux. Je ne puis, malheureux
que je suis! quelle puissance contraire retient mes pas?
Seroit-ce vous, fantômes infernaux, qui m'environnez?
Ecartez-vous; laissez-moi fuir; laissez-moi. Quel nombre!
comme ils sont horribles! Laissez-moi fuir, spectres hideux;
laissez-moi m'éloigner de ces saintes demeures. Ah spectacle horrible!... je frémis, je tremble, je me meurs.
Mais hélas! ma frayeur s'accroît, et pourtant je ne meurs
pas; mais je ne saurois fuir non plus..... malheureux
que je suis!.... comme elle se désole, et je ne la fuirai
pas? Mais voilà qu'elle cesse de se lamenter.... O pouvoir
merveilleux de la vertu! Hélas, quelles ressources, quelles
consolations j'ai perdu pour toujours! Et, dans mon accablement, je n'ai pas même pour adoucissement l'espérance la
plus éloignée. A quel point, mon Dieu, je suis malheureux!
ah quels tourmens! ils sont d'une espèce inconnue jusqu'à
cette heure. O Enfer, dans tes abîmes les plus profonds,
tu n'en as pas de plus épouvantables!... Elle prie... ah!
elle prie Dieu pour moi; pour moi!..... au lieu de me

V 2

haïr, au lieu de verser à grands flots des imprécations
sur ma tête. O bonté inexprimable ! hélas, tant de vertu
m'afflige et me désespère ! mon malheur se présente à
moi d'une manière plus effroyable ; il me paroît sombre,
noir comme les profonds abîmes de l'enfer : le crime me
déchire plus cruellement les entrailles, et me fait sentir
des supplices infernaux.... Tu pries pour moi, Thirza !...
Ah ! vœux téméraires, ou tout au moins superflus ! Non,
Dieu ne sauroit exaucer de telles prières ; il est juste....
La voilà qui se retire du tombeau de son époux massacré.
Ah ! oserai-je, malheureux que je suis, me traîner sur
ses pas, verser des larmes de la plus profonde douleur
sur ses traces ? Non... retire-toi, barbare, de cet épouvantable monument de ta fureur ; éloigne-toi de cette sainte
contrée, fuis, scélérat ! » Il dit, et se retira saisi de frayeur.
Il fuyoit, mais il s'arrêta bientôt ; et, plein de désespoir,
joignant ses mains baignées de larmes, il s'écria encore :
« mais je ne saurois fuir ! Et comment le pourrois-je ! Ah,
Méhala ! ah, mes enfans ! comment pourrois-je vous fuir
pour jamais, et ne pas me rouler dans la poussière devant
vous, devant toi sur-tout, Méhala ? Peut-être verseras-tu
des larmes de compassion sur moi ; peut-être me béniras-tu
encore.... Hélas ! que dis-je ?... Maudit de Dieu, que me
servira dorénavant ta bénédiction ! Hais-moi, maudis-moi
plutôt ; mon forfait le mérite ; alors enfin je fuirai, chargé
de ta malédiction, et de celle de toute la Nature. O désastre !
ô désolation infernale, inexprimable !... Non, encore une

fois, je ne saurois fuir. Epouse aimée, enfans chéris, il faut
que je déplore ma misère devant vous , que je me traîne
devant vous dans la poussière, et ensuite; oui ensuite, je
fuirai. » A ces mots, Caïn passa à quelque distance du tombeau, et s'avança vers sa cabane. A chaque pas il s'arrêtoit,
encore incertain de ce qu'il devoit faire , et arriva enfin
devant la cabane. Il y resta long-tems pâle et tremblant.
A la fin il se hasarda, en hésitant, en chancelant, à passer le
seuil de la porte.

Méhala étoit assise au fond , à la pâle lumière de la
Lune , plus pâle elle-même que cet astre, quand il est
enveloppé dans des nuages; elle pleuroit et se désoloit
sur son lit solitaire, et ses enfans sanglotoient autour d'elle.
A la vue de son époux, elle jetta un cri aigu, et tomba
évanouie sur sa couche; ses enfans éplorés accoururent,
et firent à ses pieds des clameurs lugubres. Mon pere!
hélas...... mon père (crioient-ils), ah! console notre mère
affligée! hélas, quelle désolation s'est introduite dans nos
cabanes! Ah , mon père , sois-nous le bien-venu dans
la maison; que tu as tardé long-tems à rentrer! » Tel
fut l'accueil qu'il reçut de ses enfans. Il chanceloit au
milieu d'eux, et ses larmes couloient sur leurs têtes. Le
serrement de son cœur ne lui permit pas de répondre;
il tomba sur la poussière aux pieds de son épouse; ses
enfans redoubloient leurs cris autour de lui; et Méhala,
s'étant réveillée, vit comme son époux se traînoit auprès

d'elle, et mouilloit le sol de ses larmes. « O Caïn (s'écria-
t-elle); et, poussant des cris lamentables, elle s'arrachoit
les cheveux! Méhala (lui dit Caïn d'une voix entrecoupée,
en la regardant douloureusement)! « ah, pardonne-moi, si
j'ose, meurtrier de mon frère et du tien, si j'ose pleurer
encore une fois devant toi, me traîner dans la poussière
à tes pieds. Ah! je t'en conjure; ah! accorde-moi cette
foible consolation, la dernière que je puisse espérer dans
mon malheur qui n'a point d'égal. Ah! ne me maudis
pas, Méhala; je ne veux que ramper devant toi sur la
terre; après cela je fuirai; j'irai me cacher à moi-même
dans des régions désertes, maudit de Dieu, suivi des
supplices inexprimables. Ah! ne maudis pas, ô Méhala,
ton malheureux époux. » « Ah! Caïn, (répondit-elle,
pénétrée de la plus vive douleur) meurtrier du meilleur
des frères, il faut encore que je te reconnoisse pour mon
époux! Malheureux, qu'as-tu fait? Caïn lui répondit, en
jettant sur elle des regards plaintifs, des regards qui exprimoient toutes ses souffrances. » Ah! fatal moment où un
songe imposteur m'a trompé. Hélas! je voulois garantir ces
enfans que voici d'un avenir funeste, et je l'ai tué. Maudit
moment! j'ai tué le meilleur des frères. Et maintenant....
ce forfait horrible va me tourmenter éternellement; il
attache à mes côtés les supplices de l'enfer. Oublie-moi
Méhala; oublie ton époux; mais seulement abstiens-toi de
me maudire. Tout-à-l'heure je vais fuir; je te quitte pour
jamais; ma femme, et vous mes enfans, je vous quitte pour

jamais, chargé de la malédiction de Dieu. » Les enfans
se lamentoient autour de lui, et levoient leurs mains
innocentes vers le ciel; Méhala se laissa tomber sur son
époux. « Reçois ces larmes; reçois ces expressions de la
compassion la plus vive, (dit-elle en pleurant sur lui);
tu veux fuir, Caïn, tu veux fuir dans des régions désertes:
ah! comment pourrois-je demeurer dans ces cabanes, tandis
que, solitaire et abandonné, tu te désolerois loin de moi?
Non.... Caïn, je veux fuir avec toi, à tes côtés. Comment
pourrois-je te laisser privé de tout secours dans les
déserts? De quelles cruelles inquiétudes ne serois-je pas
tourmentée? Le moindre son que j'entendrois retentir
autour de moi dans la Nature, me saisiroit de peur et
d'effroi: « Peut-être est-ce lui, (dirois-je) peut-être se
lamente-t-il privé de tout secours, dans les angoisses de
la mort. » Elle dit, et Caïn porta sur elle des regards
troublés.... « Dieu! qu'entends-je?... Est-ce toi, Méhala
(dit-il)? Non! ce n'est pas un songe; c'est toi-même....
O Dieu, quelles consolantes paroles! Non, Méhala, c'est
assez pour moi que tu ne me haïsses pas, que tu ne
me maudisses pas. O femme vertueuse! faudra-t-il que
tu portes avec moi le châtiment du plus grand des crimes?
Ah! reste ici dans ce séjour sanctifié par la vertu, où
habite la bénédiction; non, il ne faut pas que tu sois
malheureuse avec moi. Oublie un malheureux qui, maudit
de toute la Nature, n'a point de lieu pour son repos;
oublie-le; mais ne le maudis pas. Non, Caïn; je veux fuir

avec toi (lui répondit Méhala); je veux te suivre avec nos
enfans dans les déserts, me désoler avec toi, porter une
partie de ta misère, ce sera autant de soulagement pour
toi. Je mêlerai des larmes de compassion à tes larmes de
pénitence; à tes côtés mes prières s'élèveront vers Dieu
avec les tiennes; et nos enfans, prosternés autour de nous,
joindront leurs vœux aux nôtres. Dieu ne dédaigne pas
le repentir du Pécheur; je veux fuir avec toi. Caïn, sans
cesse nous gémirons; sans cesse nous prierons devant
Dieu, jusqu'à ce qu'enfin un rayon de consolation vienne
de la part du souverain Juge, justifier notre confiance.....
Espère en Dieu, Caïn; il exauce la prière du Pécheur
pénitent. »

« O toi! (s'écria Caïn) comment dois-je te nommer?...
tu es pour moi comme un saint Ange. Quelle consolation
porte ton flambeau dans l'obscurité de mon ame ! Méhala,
ô mon épouse! j'ose maintenant t'embrasser. Hélas, que
ne puis-je t'exprimer mes sentimens! Non, l'embrassement
le plus ardent, toutes mes larmes ensemble ne le peuvent
pas. »

A ces mots, Caïn la serra contre sa poitrine. Il ne pouvoit
suffire à tout l'amour, à toute la reconnoissance qu'elle
lui inspiroit. Il ne quitta son épouse un instant que pour
aller embrasser ses enfans; il revint aussi-tôt à elle pour
lui réitérer les démonstrations de sa gratitude. Cependant
cette

cette tendre mère essuya ses larmes, prit le plus jeune de ses enfans dans ses bras, s'appuyant sur son époux, et l'autre marchoit à côté de son père, tandis qu'Eliel et Josia marchoient gaiement devant lui. Ils sortirent tous ensemble de la cabane; Méhala regarda encore autour d'elle, en pleurant. « Soyez bénie, ô famille désolée que j'abandonne; soyez bénie; bientôt je viendrai vous retrouver des lieux où nous aurons bâti notre cabane, vous demander votre bénédiction, pour moi, pour mon époux, et solliciter son pardon. » A ces mots elle regarda encore les cabanes, et pleura comme irrésolue; en cet instant des exhalaisons plus balsamiques que toutes les fleurs du printems, environnèrent la troupe fugitive. « Vas, généreuse épouse (dit une voix invisible au-dessus de leurs têtes), j'informerai par un songe agréable ta tendre mère de ton courage magnanime : je lui dirai que tu es partie à côté de ton époux pénitent, pour implorer la grace du souverain Juge. »

Cependant ils marchoient à la lueur de l'astre nocturne, jettant souvent la vue derrière eux, sur les cabanes, et ils s'avancèrent dans des régions désertes, où jamais les pas d'aucun homme n'avoient été imprimés.

F I N.

www.ingramcontent.com/pod-product-compliance
Lightning Source LLC
Chambersburg PA
CBHW070858030726
47504CB00005B/1387